Último Día de un Condenado a Muerte

Por

Victor Hugo

I

Bicêtre

¡Condenado a muerte!

Hace cinco semanas que vivo con este pensamiento, siempre a solas con él, paralizado siempre por su presencia, encorvado siempre bajo su peso.

En otra época, pues me parece que han pasado años más que semanas, yo era un hombre como cualquier otro hombre. Cada día, cada hora, cada minuto tenía su propio sentido. Mi mente, joven y rica, estaba llena de fantasías. Se entretenía presentándomelas unas tras otras, sin orden ni objetivo, bordando con arabescos inextinguibles el tejido tosco y ligero de la vida. Muchachas, espléndidas capas de obispo, batallas ganadas, teatros llenos de ruido y de luz, y luego muchachas de nuevo y caminatas oscuras en la noche bajo los largos brazos de los castaños. Mi imaginación siempre estaba de fiesta. Yo podía pensar en lo que quisiera, yo era libre.

Ahora estoy preso. Mi cuerpo está encadenado dentro de un calabozo, mi mente está en prisión dentro de una idea. ¡Una idea horrible, sangrienta, implacable! No tengo más que un pensamiento, una convicción, una certidumbre: ¡condenado a muerte!

Haga lo que haga, este pensamiento infernal permanece ahí, a mi lado, como un espectro de plomo, solitario y celoso, expulsando toda distracción, enfrentándome cara a cara con el miserable que soy, sacudiéndome con sus manos de hielo cuando quiero mirar hacia otro lado o cerrar los ojos. Se desliza bajo todas las formas que mi mente busca para huir, se mezcla como un horrible estribillo en cuantas palabras me dirigen, se agarra conmigo a las rejas espantosas de mi calabozo; me obsesiona durante la vigilia, espía mi dormitar convulsivo, y reaparece en mis sueños con la forma de un cuchillo.

Acabo de despertarme entre sobresaltos, perseguido por él y diciendo: «¡Ah! ¡Sólo es un sueño!». Pues bien, antes incluso de que mis ojos pesados hayan tenido tiempo de entreabrirse lo suficiente para ver este pensamiento fatal escrito en la horrible realidad que me rodea, sobre las losas húmedas y rezumantes de mi celda, en los pálidos rayos de mi lámpara de noche, en la trama grosera de la tela de mi ropa, bajo la sombría figura del soldado de guardia cuya cartuchera brilla a través de la reja del calabozo, me ha parecido como si una voz me hubiera murmurado al oído: «¡Condenado a muerte!».

Era una bella mañana de agosto. Hacía tres días que se había entablado mi proceso, hacía tres días que mi nombre y mi crimen convocaban, todas las mañanas, a una bandada de espectadores que venían a tumbarse sobre los bancos de la sala de Audiencias como cuervos alrededor de un cadáver, hacía tres días que toda aquella fantasmagoría de jueces, testigos, abogados, procuradores del rey, pasaba y volvía a pasar frente a mí, a veces grotesca, a veces sangrienta, siempre sombría y fatal. Las dos primeras noches la inquietud y el terror me impidieron dormir; la tercera, me dormí de aburrimiento y de cansancio. A medianoche había dejado al jurado deliberando. Me habían vuelto a traer a la paja de mi calabozo, y caí de inmediato en un sueño profundo, un sueño de olvido. Eran las primeras horas de reposo después de muchos días.

Todavía me encontraba en lo más profundo de este profundo sueño cuando vinieron a despertarme. Esta vez no bastó con el paso metálico de los zapatos con herrajes del carcelero, ni con el tintineo de su llavero, ni con el ronco chirrido de las cerraduras; para sacarme de mi letargo; hizo falta su bronca voz en mi oreja y su mano bronca sobre mi brazo.

—¡Levántese!

Abrí los ojos y me incorporé, asustado. En ese instante, a través de la ventana alta y estrecha de mi celda, vi, en el techo del corredor vecino —único cielo que me estaba permitido entrever— ese reflejo amarillo en el cual los ojos acostumbrados a las tinieblas saben reconocer el brillo del sol. Me gusta el sol.

—Hace un buen día —le dije al carcelero.

Permaneció un instante sin responderme, como si no estuviera seguro de que valiera la pena gastar una sola palabra; al fin murmuró bruscamente, y sin esfuerzo alguno:

—Puede ser.

Permanecí inmóvil, la mente medio dormida, la boca sonriente, los ojos fijos en aquella dulce reverberación dorada que jaspeaba el techo.

—Qué día más bello —repetí.

—Sí —contestó el hombre—. Le están esperando.

Estas breves palabras, como el hilo que rompe el vuelo del insecto, me devolvieron violentamente a la realidad. De nuevo vi, como en la luz de un relámpago, la sala sombría del tribunal, la hilera de los jueces cargados de harapos ensangrentados, los tres rangos de testigos con sus expresiones estúpidas, los dos gendarmes en los dos extremos de mi banco, y vi las túnicas negras agitarse, y las cabezas de la multitud hormiguear entre las sombras del fondo, y cómo se detenía sobre mí la mirada fija de esos doce miembros del jurado que habían permanecido despiertos mientras yo dormía.

Me levanté; me castañeteaban los dientes, las manos me temblaban y no sabían encontrar mi ropa, mis piernas se sentían débiles. Al primer paso tropecé como un mozo de cuerda demasiado cargado. Sin embargo, seguí al carcelero.

Los dos gendarmes me esperaban tras el umbral de la celda. Volvieron a ponerme las esposas. Tenían una pequeña cerradura complicada que los gendarmes cerraron con cuidado. Les dejé hacer: aquello era una máquina puesta sobre una máquina.

Cruzamos un patio interior. El aire fresco de la mañana me reanimó. Miré hacia arriba. El cielo era azul, y los rayos cálidos del sol, cortados por las largas chimeneas, trazaban grandes ángulos de luz sobre los remates de los muros altos y sombríos de la prisión. En efecto, hacía un buen día.

Subimos por una escalera de caracol; atravesamos un corredor, después otro, después un tercero; a continuación una puerta baja se abrió. Un aire caliente mezclado con ruido me golpeó el rostro; era el soplo de la multitud en la sala de Audiencias. Entré.

En el momento de mi aparición hubo un rumor de armas y de voces. Los bancos se desplazaron ruidosamente. Los tabiques crujieron; y, mientras recorría la larga sala entre dos masas de gente emparedadas entre soldados, me pareció ser el eje al cual se ataban los hilos que movían todas aquellas caras inanimadas y torcidas.

En este instante me percaté de que ya no llevaba esposas; pero no pude recordar dónde ni cuándo me las habían quitado.

Entonces se hizo un gran silencio. Había llegado a mi lugar en la sala. Cuando el tumulto cesó en la multitud, cesó también en mis ideas. Comprendí de golpe y con claridad lo que hasta entonces sólo había entrevisto confusamente: que el momento decisivo había llegado, y que me encontraba allí para escuchar mi sentencia.

Que lo explique quien pueda: esta idea, de la forma en que me vino, no me causó terror alguno. Las ventanas estaban abiertas; el aire y el ruido de la ciudad llegaban libremente del exterior; la sala estaba iluminada como para una boda; los alegres rayos de sol trazaban aquí y allá la figura luminosa de las ventanas, a veces alargada sobre el suelo, a veces extendida sobre las mesas, a veces rota en la esquina de las paredes, y desde los rombos luminosos de las ventanas cada rayo dibujaba en el aire un gran prisma de polvo dorado.

Los jueces, al fondo de la sala, tenían un aire satisfecho, probablemente debido a la satisfacción de estar cerca de terminar. El rostro del presidente, dulcemente iluminado por el reflejo de un vidrio, tenía algo de calmado y bueno, y un joven asesor charlaba casi alegremente, arrugándose la golilla, con una bella dama con sombrero rosa, sentada por suerte detrás de él.

Sólo los miembros del jurado se veían pálidos y abatidos, pero al parecer eso se debía al cansancio de haber pasado la noche en vela. Algunos de ellos bostezaban. Nada en su aspecto revelaba a unos hombres que acaban de pronunciar una sentencia de muerte; en las facciones de estos buenos señores yo no adivinaba más que unas vehementes ganas de dormir.

Frente a mí, una ventana estaba abierta de par en par. Podía oír risas que venían del muelle de las Flores; y, al borde de la ventana, una bella plantita amarilla, iluminada por un rayo de sol, jugaba con el viento en una hendidura de la piedra.

¿Cómo hubiera podido brotar una idea siniestra entre tantas sensaciones agradables? Inundado como estaba de aire y de sol, me resultó imposible pensar en algo distinto a la libertad; la esperanza vino a reverberar en mí como el día a mi alrededor; y, confiado, esperé mi sentencia como se esperan la liberación y la vida.

Mientras tanto, mi abogado entró en la sala. Lo esperaban. Acababa de desayunar copiosamente y con buen apetito. Cuando llegó a su puesto, se inclinó hacia mí con una sonrisa.

—Tengo esperanzas —me dijo.

—¿De veras? —respondí, ligero y también sonriente.

—Sí —continuó—. Todavía no sé nada de su veredicto, pero sin duda habrán descartado la premeditación, y entonces será cosa de trabajos forzados a perpetuidad, nada más.

—Pero ¿qué dice, señor? —repliqué indignado—. ¡Prefiero cien veces la muerte!

¡Sí, la muerte! «Y además —repetía no sé qué voz en mi interior—, ¿qué riesgo corro al decirlo? ¿Acaso una sentencia de muerte no se ha pronunciado siempre a medianoche, bajo la luz de las antorchas, en una sala sombría y negra, en noches frías de lluvia y de invierno? Pero durante el mes de agosto, a las ocho de la mañana, en un día tan bello, con unos jurados tan buenos… ¡Imposible!». Y mis ojos volvían a fijarse en la bella flor amarilla iluminada por el sol.

De súbito, el presidente, que sólo esperaba al abogado, me invitó a levantarme. La tropa presentó las armas; como empujada por un movimiento eléctrico, toda la asamblea se puso en pie al mismo tiempo. Una figura insignificante y nula, situada en una mesa debajo del tribunal —el escribano, creo que era—, tomó la palabra y leyó el veredicto que los jurados habían pronunciado en mi ausencia. Un sudor frío brotó de todos mis miembros; me apoyé contra la pared para no caer.

—Abogado, ¿tiene usted algo que decir sobre la aplicación de la pena? —preguntó el presidente.

Yo habría tenido mucho que decir, pero nada me vino a la boca. La lengua se me quedó pegada al paladar.

El defensor se levantó.

Comprendí que intentaba atenuar el veredicto del jurado y sustituirlo por la otra pena, esa que tanto me había molestado oírle pronunciar hacía unos momentos.

La indignación habría tenido que ser muy fuerte para abrirse camino a través de las mil emociones que se disputaban mi pensamiento. Quise repetir en voz alta lo que ya le había dicho: «¡Prefiero cien veces la muerte!». Pero me faltó el aliento, y no pude más que tomarlo bruscamente del brazo, gritando con una fuerza convulsiva: «¡No!».

El procurador general combatió los argumentos del abogado, y yo lo escuché con una satisfacción estúpida. Después los jueces salieron, luego volvieron a entrar, y el presidente leyó la sentencia.

—¡Condenado a muerte! —dijo la multitud; y, mientras me sacaban de allí, toda esa gente se precipitó sobre mí con el estruendo de un edificio al ser demolido. Yo seguía caminando, ebrio y estupefacto. Una revolución acaba de producirse dentro de mí. Hasta el decreto de muerte, me había sentido respirar, palpitar, vivir en el mismo mundo que los otros hombres; ahora distinguía claramente una valla entre ese mundo y yo. Nada se me aparecía con el mismo aspecto de antes. Esas amplias ventanas luminosas, ese bello sol, ese cielo puro, esa hermosa flor, todo era blanco y pálido, del color de una mortaja. A esos hombres, esas mujeres, esos niños que se apiñaban a mi paso, les atribuía aspecto de fantasmas.

En lo bajo de la escalera, un carruaje con rejas, negro y sucio, me esperaba. En el momento de subir, eché una mirada, al azar, sobre la plaza.

—¡Un condenado a muerte! —gritaban los transeúntes, corriendo hacia el carruaje.

A través de la nube que sentía interpuesta entre las cosas y yo, distinguí a dos jovencitas que me seguían con ojos ávidos.

—Bueno —dijo la más joven—, ¡será dentro de seis semanas!

III

¡Condenado a muerte!

Pues bien, ¿por qué no? «Los hombres —recuerdo haber leído en no sé qué libro carente por lo demás de interés—, los hombres son todos condenados a muerte con sentencias suspendidas indefinidamente». Así pues, ¿qué es lo que tanto ha cambiado en mi situación?

Desde la hora en que se pronunció mi sentencia, ¡cuántos han muerto habiendo hecho planes para una larga vida! ¡Cuántos se me han adelantado, jóvenes, libres y sanos que contaban con ir tal día a la plaza de la Grève para ver mi decapitación! De aquí a ese momento, ¡cuántos que caminan y respiran despreocupadamente, y entran y salen como les place, se me adelantarán también!

Además, ¿qué tiene esta vida para que su pérdida sea tan dolorosa para mí? En verdad, el día oscuro y el pan negro del calabozo, la ración escasa de caldo bebida de la cubeta de los presidiarios, esos maltratos con que me atormentan, a mí, que he recibido una educación refinada, la brutalidad de los carceleros y los cabos de vara, ese no poder contemplar a un solo ser humano que quiera dirigirme unas palabras y a quien yo pueda responderle, ese estremecerme sin cesar por lo que he hecho y por lo que me harán: he aquí, más o menos, los únicos bienes que podrá quitarme el verdugo.

¡Ah, pero qué importa, esto es horrible!

IV

El carruaje negro me transportó aquí, a este Bicêtre espantoso.

Visto de lejos, este edificio tiene cierta majestad. Se despliega sobre el horizonte, al frente de una colina, y guarda a distancia algo de su antiguo esplendor, un aire de castillo real. Pero a medida que uno se acerca, el palacio se transforma en una casa en ruinas. Los aguilones degradados hieren la mirada. Un no sé qué de vergonzoso y de empobrecido ensucia estas fachadas reales, es como si los muros sufrieran de lepra. Nada de vidrieras, nada de cristales en las ventanas, tan sólo macizas barras de hierro entrecruzadas a las cuales se adhiere aquí y allá la pálida figura de un carcelero o de un loco.

Así es la vida vista de cerca.

V

Apenas llegué, unas manos de hierro se apoderaron de mí. Las precauciones se multiplicaron; nada de cuchillos, nada de tenedores para mis comidas; la camisa de fuerza, una especie de saco de lona, aprisionó mis brazos; aquí respondían por mi vida. Yo había recurrido en casación. Este oneroso asunto podía tardar seis o siete semanas, y era importante conservarme sano y salvo para la plaza de la Grève.

Los primeros días me trataron con una suavidad que me parecía horrible. Las atenciones de un carcelero huelen a cadalso. Felizmente, a los pocos días la costumbre se impuso; me confundieron con los otros prisioneros en una brutalidad común, y prescindieron de esos inusuales gestos de amabilidad que me hacían pensar una y otra vez en el verdugo. No fue ésta la única mejora. Mi juventud, mi docilidad, los cuidados del capellán de la prisión, y, sobre todo, algunas palabras en latín que le dirigí al conserje, que no las comprendió, me dieron derecho a pasear una vez por semana con los otros detenidos, e hicieron desaparecer la camisa que me tenía paralizado. También, después de mucho dudar, me dieron tinta y papel, plumas y una lámpara de noche.

Todos los domingos, después de la misa, a la hora del recreo, me sueltan en el patio. Allí charlo con los detenidos: es necesario que lo haga. Son buena gente, esos miserables. Me relatan sus hazañas; es para horrorizarse, pero sé que se vanaglorian de ellas. Me enseñan a hablar el argot, a «rajar del mazo», como dicen. Es toda una lengua injertada en la lengua general como una especie de excrecencia espantosa, como una verruga. A veces tiene una energía singular, un pintoresquismo pavoroso: hay arrope sobre la carretera (sangre sobre el camino), casarse con la viuda (morir ahorcado), como si la cuerda de la horca fuera la viuda de todos los ahorcados. La cabeza de un ladrón tiene dos nombres: la sorbona, cuando medita, razona y aconseja el crimen; el tronco, cuando la corta el verdugo. A veces, esa lengua adquiere un espíritu de vodevil: una cachemira de mimbre (un cuévano de trapero), la mentirosa (la lengua); así, por todas partes, a cada momento, palabras curiosas, misteriosas, feas y sórdidas, venidas de no se sabe dónde: el chirona (el verdugo), la veleta (la muerte), la encartelada (la plaza de ejecuciones). Sapos y arañas, se podría decir. Cuando uno oye hablar esta lengua, siente el efecto de algo sucio y podrido, como si le hubieran lanzado al rostro un rebujo de harapos malolientes.

Al menos, estos hombres me compadecen, y son los únicos. Los carceleros, los guardianes, los llaveros —no se lo reprocho— conversan y ríen, y hablan de mí, delante de mí, como de una cosa.

VI

Me dije:

«Puesto que tengo los medios para escribir, ¿por qué no habría de hacerlo?». Pero ¿qué escribir? Preso entre cuatro murallas de piedra desnuda y fría, sin libertad para mis pasos, sin horizonte para mis ojos, ocupado durante el día entero, como única distracción, en seguir la lenta marcha de ese cuadrado blancuzco que la mirilla de mi puerta dibuja sobre la oscura pared de enfrente, y, como decía hace un momento, totalmente solo con una idea, una idea de crimen y castigo, de asesinato y de muerte. ¿Puedo tener algo que decir, yo que ya nada tengo que hacer en este mundo? Y ¿qué encontraré en este cerebro marchito y vacío que valga la pena de ser escrito?

¿Por qué no? Si bien a mi alrededor todo es monótono y descolorido, ¿no hay en mí una tempestad, una lucha, una tragedia? Esta idea fija que me posee, ¿no se me presenta a cada hora, a cada instante, bajo una forma nueva, cada vez más horrible y más sangrienta a medida que se acerca el día? ¿Por qué no habría de intentar decirme a mí mismo todo lo que encuentro de violento y de desconocido en la situación abandonada en que me hallo? En verdad, la materia es rica; y, aunque mi vida haya sido abreviada, aún habrá en las angustias, en los terrores, en las torturas que la llenarán hasta la última hora, con qué gastar esta pluma y secar este tintero. Además, la única manera de sufrir menos estas angustias es observarlas, y describirlas me distraerá.

Por otra parte, tal vez lo que pretendo escribir no sea inútil. Este diario de mis sufrimientos, hora tras hora, minuto tras minuto, suplicio tras suplicio, si encuentro las fuerzas para llevarlo hasta el instante en que me sea físicamente imposible continuar, esta historia de mis sensaciones, necesariamente inacabada pero tan completa como sea posible, ¿no llevará consigo una enseñanza grande y profunda? ¿No habrá, en el atestado de mi pensamiento agonizante, en esta progresión de dolores siempre creciente, en esta especie de autopsia intelectual de un condenado, más de una lección para los que condenan? ¿Podrá quizá esta lectura volver menos ligera la mano cuando de nuevo se trate de hacer rodar una cabeza que piensa, una cabeza de hombre, en eso que llaman la balanza de la justicia? ¿Será posible que estos infelices no hayan reflexionado nunca acerca de la lenta sucesión de torturas que encierra la expeditiva fórmula de una sentencia de muerte? ¿Acaso se han detenido jamás en esta poderosa idea: que hay en el hombre que suprimen una

10/77

inteligencia, una inteligencia que había contado con la vida, un alma que no se había dispuesto para la muerte? No. No ven ellos en todo esto más que la caída vertical de una cuchilla triangular, y piensan sin duda que para el condenado no hay nada antes, nada después.

Estas páginas los desengañarán. Si un día son publicadas, harán que su mente se detenga algunos instantes sobre los sufrimientos del espíritu; pues son éstos los que ellos no llegan a sospechar. Se sienten triunfantes de poder matar casi sin que el cuerpo sufra. ¡Porque es de eso de lo que se trata! ¡Qué cosa es el dolor físico junto al dolor moral! ¡Horror y piedad, leyes hechas así! El día vendrá, y quizá estas memorias, los últimos confidentes de un miserable, habrán contribuido a ello…

A no ser que después de mi muerte el viento del patio juegue con estos trozos de papel ensuciados de barro, o que vayan a pudrirse bajo la lluvia, pegados como estrellas a la ventana rota de un carcelero.

VII

Que lo que aquí escribo pueda ser útil a otros algún día, que detenga al juez preparado para juzgar, que salve a los infelices, inocentes o culpables, de la agonía a la cual estoy condenado, ¿para qué? ¿De qué sirve? ¿Qué importa? Cuando me hayan cortado la cabeza, ¿qué más me da que corten otras? ¿Será posible que se me hayan ocurrido realmente estas locuras? ¡Echar abajo el cadalso después de haber subido en él! Os pregunto qué beneficio puedo sacar de ello.

El sol, la primavera, los campos llenos de flores, los pájaros que se despiertan al amanecer, las nubes, los árboles, la naturaleza, la libertad, la vida, ¡nada de esto me pertenece ya!

¡Ah! ¡Es a mí a quien habría que salvar! ¿Será cierto que eso es imposible, que habré de morir mañana, quizá hoy mismo, que eso es así? ¡Dios mío! ¡Qué horrible idea! ¡Es para romperse la cabeza contra el muro del calabozo!

VIII

Hagamos la cuenta de lo que me queda:

Tres días de aplazamiento después del fallo pronunciado en el recurso de casación.

Ocho días de olvido en el estrado de la sala de Audiencias, después de los cuales las «piezas de autos», como las llaman, son enviadas al ministerio.

Quince días de espera en el despacho del ministro, que no sabe ni siquiera que las piezas existen, y que se supone, sin embargo, que debe transmitirlas, después de examinarlas, a la corte de casación.

Allí, clasificación, numeración, registro; pues la guillotina está saturada, y nadie debe pasar antes de que sea su turno.

Quince días para vigilar que no haya atropellos.

Al fin la corte se reúne, de ordinario un jueves, rechaza veinte recursos en conjunto, y lo devuelve todo al ministro, que lo devuelve al procurador general, que lo devuelve al verdugo. Tres días.

A la mañana del cuarto día, el sustituto del procurador general se dice, mientras se pone la corbata:

—De cualquier forma, hay que ponerle un final a este asunto.

Entonces, si el sustituto del escribano no tiene ninguna comida de amigos que se lo impida, la minuta de la orden de ejecución es redactada, pasada a limpio, expedida, y a la mañana siguiente, a partir del alba, se oye el martilleo sobre una armazón, y en las esquinas los gritos de viva voz de los voceadores enronquecidos.

En total, seis semanas. La jovencita tenía razón.

Pues bien, hace al menos cinco semanas, tal vez seis, ya no me atrevo a contarlas, que estoy en este calabozo de Bicêtre, y me parece que hace tres días era jueves.

IX

Acabo de hacer mi testamento.

¿De qué sirve? Estoy condenado a pagar las costas, y todo lo que tengo apenas me alcanzará para ello. La guillotina es muy cara.

Dejo una madre, dejo una mujer, dejo una hija.

Una niñita de tres años, dulce, sonrosada, frágil, con grandes ojos negros y largos cabellos castaños.

Tenía dos años y un mes cuando la vi por última vez.

Así, tras mi muerte, tres mujeres, sin hijo, sin marido, sin padre; tres huérfanas de distinta especie; tres viudas a causa de la ley.

Admito que justamente se me castigue, pero ¿qué han hecho estas inocentes? Poco importa; serán deshonradas, serán arruinadas. Así es la justicia. No es que me preocupe mi pobre madre vieja; tiene sesenta y cuatro años, morirá en cualquier momento. O si todavía sobrevive unos días más, mientras tenga hasta el último momento un poco de ceniza caliente en su brasero, no dirá nada.

Mi mujer tampoco me preocupa; tiene ya mala salud y es débil de carácter. También ella morirá.

A menos que enloquezca. Dicen que eso alarga la vida; pero al menos la inteligencia no sufre; la inteligencia duerme, está como muerta.

Pero mi hija, mi niña, mi pobrecita Marie, que ríe, que juega, que a estas horas canta sin pensar en nada, ¡es ella la que me hace sufrir!

X

He aquí lo que es mi calabozo:

Ocho pies cuadrados. Cuatro muros de piedra tallada que se apoyan en ángulo recto sobre un adoquinado de losas elevado un grado sobre el corredor exterior.

Entrando, a la derecha de la puerta, una especie de hundimiento que forma una alcoba de escarnio. Ahí han colocado una paca de paja donde se supone que duerme y descansa el prisionero, vestido con un pantalón de tela y una chaqueta de dril tanto en invierno como en verano.

Sobre mi cabeza, a guisa de cielo, una bóveda negra «ojival» —así es como se le llama— de la cual cuelgan como jirones espesas telarañas.

Por lo demás, nada de ventanas, ni un tragaluz siquiera. Una puerta de madera cubierta de hierro.

Me equivoco; en el centro de la puerta, hacia la parte superior, una apertura de nueve pulgares cuadrados, cortada por una reja en forma de cruz, que el carcelero puede cerrar por las noches.

Fuera, un corredor bastante largo, iluminado, aireado mediante estrechos tragaluces que hay en lo alto de la pared, y dividido en compartimentos de mampostería que se comunican entre sí por una serie de puertas cimbradas y bajas; cada uno de estos compartimentos sirve de algún modo como antecámara de un calabozo parecido al mío. En estos calabozos se mete a los presidiarios condenados por el director de la prisión a penas disciplinarias. Los tres primeros calabozos están reservados para los condenados a muerte, puesto que, al estar más cerca de la cárcel, resultan más cómodos para el carcelero.

Estos calabozos son todo lo que queda del antiguo castillo de Bicêtre tal como fue construido en el siglo XV por el cardenal de Winchester, el mismo que mandó quemar a Juana de Arco. Todo esto se lo oí decir a unos curiosos que el otro día vinieron para verme en mi cabaña, y que me miraban a distancia como a una fiera de exhibición. El carcelero recibió unas cuantas monedas.

Me olvidaba de decir que de día y de noche hay en la puerta de mi calabozo un centinela de guardia, y que mis ojos no pueden elevarse hacia la ventanilla sin encontrarse con los suyos, fijos y siempre abiertos.

Por lo demás, se supone que hay aire y luz en esta caja de piedra.

XI

Puesto que el día aún no aparece, ¿qué hacer de la noche? Se me ha ocurrido una idea. Me he levantado y he paseado mi lámpara sobre las cuatro paredes de mi celda. Están cubiertas de escrituras, de dibujos, de figuras raras, de nombres que se mezclan y se borran los unos a los otros. Parece que cada condenado haya querido dejar su marca, por lo menos aquí. Lápiz, tiza, carbón, letras negras, blancas, grises, a menudo cortes profundos en la piedra, aquí y allá, letras enmohecidas que parecen escritas con sangre. Por supuesto que si mi mente se sintiera más libre, podría interesarme este extraño libro que se desarrolla página a página frente a mis ojos sobre las piedras de este calabozo. Me gustaría recomponer un todo con estos fragmentos de pensamiento esparcidos sobre las losas; encontrar al hombre bajo el nombre; dar sentido y vida a estas inscripciones mutiladas, a estas frases desmembradas, a estas palabras truncadas, cuerpos sin cabeza como los que las han escrito.

A la altura de mi cabecera hay dos corazones inflamados y atravesados por una flecha, y sobre ellos: «Amor por la vida». El infeliz no se comprometía a largo plazo.

Al lado, una especie de sombrero de tres picos con una pequeña figura burdamente dibujada sobre estas palabras: «¡Viva el Emperador! 1824».

Más corazones inflamados, con esta inscripción, característica de las prisiones: «Amo y adoro a Mathieu Danvin. JACQUES».

Sobre la pared opuesta se lee este nombre: «Papavoine». La «P» mayúscula está bordada de arabescos y adornada con esmero.

Una estrofa de una canción obscena.

Un gorro frigio esculpido con bastante profundidad en la piedra, con esto encima: «Bories. La república». Era uno de los cuatro suboficiales de La Rochelle. ¡Pobre muchacho! ¡Qué horribles son sus presuntas obligaciones políticas! ¡Por una idea, por un sueño, por una abstracción, esta horrible realidad que llaman guillotina! ¡Y yo que me quejaba, yo, miserable, que he cometido un crimen verdadero, que he derramado sangre!

No iré más lejos en esta búsqueda. Acabo de ver, dibujada en blanco en la esquina de la pared, una imagen espantosa, la figura de ese cadalso que, tal vez a esta misma hora, está siendo levantado para mí. Poco ha faltado para que la lámpara se me cayera de las manos.

XII

He vuelto precipitadamente a sentarme sobre mi camastro de paja con la cabeza entre las rodillas. Enseguida mi miedo infantil se ha disipado, y me ha embargado una extraña necesidad de seguir la lectura de mis muros.

De donde estaba el nombre de Papavoine he arrancado una enorme telaraña, espesada por el polvo y extendida sobre la esquina del muro. Bajo esta telaraña había cuatro o cinco nombres perfectamente legibles junto a otros de los cuales no queda más que una mancha en la pared. DAUTUN, 1815. POULAIN, 1818. JEAN MARTIN, 1821. CASTAING, 1823. He leído esos nombres, y lúgubres recuerdos me han venido a la memoria: Dautun, el que cortó a su hermano en cuatro, que por la noche se paseó por París y tiró la cabeza en una fuente y el tronco en una cloaca; Poulain, el que asesinó a su mujer; Jean Martin, el que disparó con su pistola a su padre en el momento en que el viejo abría una ventana; Castaing, aquel médico que envenenó a su amigo, y que, mientras lo atendía en esa última enfermedad que él mismo le había provocado, en lugar de remedios volvía a darle veneno; y junto a ellos, Papavoine, el horrible loco que mataba a los niños a golpes de cuchillo en la cabeza.

«He aquí», me decía, y un escalofrío de fiebre me subía por los riñones. «He aquí los que me han antecedido como huéspedes de esta celda. ¡Es aquí, sobre la misma losa que ocupo ahora, donde estos hombres de sangre y crimen pensaron sus últimos pensamientos! Es alrededor de este muro, en este cuarto estrecho, que sus últimos pasos dieron vueltas como los de una bestia feroz».

Se han sucedido a intervalos muy breves; parece que este calabozo se mantiene lleno. Han calentado el puesto, y es para mí que lo han hecho. Yo iré a mi vez a reunirme con ellos en el cementerio de Clamart, donde tan bien crece la hierba.

No soy ni visionario ni supersticioso. Era probable que estas ideas me dieran un acceso de fiebre; pero mientras así soñaba me ha parecido de repente que estos nombres fatales habían sido escritos con fuego sobre la pared negra; un zumbido cada vez más intenso ha estallado en mis oídos; un brillo escarlata ha llenado mis ojos; y después me ha parecido que el calabozo estaba poblado de hombres, hombres extraños que llevaban su cabeza en su mano izquierda, y la llevaban de la boca, porque no tenían pelo. Todos, salvo el parricida, me enseñaban el puño.

He cerrado los ojos con horror, y entonces lo he visto todo con más claridad.

Sueño, visión o realidad, me habría vuelto loco si una impresión brusca no me hubiera despertado a tiempo. Estaba a punto de caerme de espaldas cuando he sentido que sobre mi pie desnudo se arrastraba un vientre frío y unas patas velludas; era la araña a la que había molestado y que ahora huía.

Eso me ha liberado del hechizo. ¡Oh, espantosos espectros! No, era humo apenas, una imaginación de mi cerebro vacío y convulso. ¡Una quimera al estilo Macbeth! Los muertos, muertos están, sobre todo aquéllos. Están bien encerrados en el sepulcro; no es ésta una prisión de la cual uno pueda escapar. Entonces, ¿cómo es que me han atenazado estos temores?

La puerta de una tumba no se abre desde dentro.

XIII

He visto, en estos días pasados, una cosa horrible.

Acababa de amanecer, y la prisión estaba llena de ruido. Se oía el abrir y cerrar de puertas pesadas, el rechinar de los cerrojos y las cadenas de hierro, el repicar de los manojos de llaves entrechocando en el cinturón de los carceleros, el temblor de las escaleras bajo los pasos precipitados, y se oían voces llamándose y contestándose de un extremo al otro de los largos corredores. Mis vecinos de calabozo, los presidiarios castigados, estaban más alegres que de costumbre. Todo Bicêtre parecía reír, cantar, correr, bailar.

Yo, el único mudo en ese jaleo, el único inmóvil en ese tumulto, escuchaba.

Pasó un carcelero.

Me atreví a llamarlo para preguntarle si había una fiesta en la prisión.

—¡Si a eso le llama usted fiesta! —respondió—. Hoy herrarán a los galeotes que deberán partir mañana hacia Toulon. ¿Quiere usted verlo? Se divertirá.

En efecto, para un recluso solitario, un espectáculo, por odioso que fuera, era una fortuna. Acepté el entretenimiento.

El carcelero tomó las precauciones usuales para controlarme, y enseguida me condujo a una pequeña celda vacía y absolutamente desamoblada que tenía una ventana con reja, pero una ventana de verdad, a la altura del pecho, y a través la cual se veía realmente el cielo.

—Tenga —me dijo—. Desde aquí podrá ver y oír. Aquí estará solo en sus habitaciones, como el rey.

Entonces salió y me encerró con cerraduras, cadenas y pestillos.

La ventana daba a un patio cuadrado bastante grande, alrededor del cual se elevaba, por los cuatro lados, como una muralla, un gran edificio de piedra tallada de seis pisos. Nada más degradado, nada más desnudo, nada más miserable al ojo que esta cuádruple fachada agujereada por ventanas con sus rejas, a las cuales se adhería, de abajo arriba, una muchedumbre de rostros delgados y pálidos, apiñados los unos sobre los otros, como las piedras de un muro, y todos, por así decirlo, enmarcados en los entrecruzamientos de los barrotes de hierro. Eran los prisioneros, espectadores de la ceremonia mientras llegaba el día en que les tocaría ser actores. Parecían almas en pena en los tragaluces que desde el purgatorio dan al infierno.

Todos miraban en silencio hacia el patio todavía vacío. Esperaban. Entre esas figuras apagadas y taciturnas, aquí y allá brillaban algunos ojos agudos y vivos como blancos de tiro.

El cuadrilátero de prisiones que envuelve el patio no se cierra sobre sí mismo. Una de las cuatro caras del edificio (la que da al este) está cortada por el medio, y no se une a la cara vecina más que por una cancela de hierro. Esta puerta se abre sobre un segundo patio, más pequeño que el primero, y, como éste, tapiado por muros y aguilones negruzcos.

Alrededor del patio principal hay bancos de piedra adosados a la muralla. En el centro se levanta una caña de hierro curvada, destinada a sostener un farol.

Llegó el mediodía. Una gran puerta cochera escondida bajo un hundimiento se abrió bruscamente. Una carreta escoltada por una especie de soldados sucios y vergonzosos, en uniformes azules con hombreras rojas y bandoleras amarillas, entró pesadamente en el patio haciendo un ruido de chatarra. Era la chusma con las cadenas.

En el mismo instante, como si ese ruido hubiera despertado todo el ruido de la prisión, los espectadores de las ventanas, hasta entonces silenciosos e inmóviles, estallaron en gritos de júbilo, en canciones, en amenazas, en imprecaciones mezcladas con carcajadas angustiosas de oír. Parecían máscaras diabólicas. Sobre cada rostro apareció una mueca, todos los puños salieron de los barrotes, todas las voces aullaron, todos los ojos llamearon, y me espantó ver tantas chispas reaparecer en aquellas cenizas.

Mientras tanto, los sotacabos, entre los cuales podía distinguirse, por sus limpias vestimentas y su aspecto aterrorizado, a unos pocos curiosos venidos de París, se pusieron tranquilamente manos a la obra. Uno de ellos subió a la carreta y arrojó a sus camaradas las cadenas, los «collares de viaje» y los atados de pantalones de tela. Entonces se dividieron el trabajo; unos fueron a extender en una esquina del patio las largas cadenas que en su argot llamaban «hilos»; los otros desplegaron sobre el adoquinado «los tafetanes», las camisas y los pantalones; mientras que los más sagaces examinaban, bajo la mirada de su capitán, un viejito achaparrado, los collares de hierro, que enseguida probaban, haciéndolos centellear sobre el adoquinado. Y todo bajo las aclamaciones burlonas de los reclusos, cuya voz sólo era dominada por las risas ruidosas de los galeotes para quienes todo aquello se preparaba, y que se veían relegados a las ventanas de la vieja prisión que da al patio pequeño.

Cuando terminaron estos preparativos, un hombre adornado de plata al que llamaban «señor inspector» dio una orden al director de la prisión; y un momento después, dos o tres puertas bajas vomitaron casi al mismo tiempo y como a bocanadas una nube de hombres horribles, vociferantes y andrajosos. Eran los galeotes.

Con su entrada, se redobló el júbilo en las ventanas. Algunos de ellos, los grandes nombres del presidio, fueron saludados con aclamaciones y aplausos que recibían con una orgullosa modestia. La mayor parte llevaba una especie de sombreros tejidos por sus propias manos con la paja del calabozo, y siempre de formas extrañas, hechos para que en las ciudades por donde pasaran llamaran la atención sobre el rostro. Éstos fueron aún más aplaudidos. Uno, sobre todo, provocó arrebatos de entusiasmo: un muchacho de diecisiete años que tenía rostro de muchacha. Salía del calabozo, donde había permanecido, en secreto, durante ocho días; con su manojo de paja se había hecho un vestido que lo envolvía de la cabeza a los pies, y entró al patio haciendo la rueda sobre sí mismo con la agilidad de una serpiente. Era un saltimbanqui condenado por robo. Hubo un estallido de aplausos y de gritos de júbilo. Los condenados respondían, y era algo horrible este intercambio de aclamaciones entre los galeotes titulados y los galeotes aspirantes. Por mucho que la sociedad estuviera allí presente, representada por los carceleros y los curiosos asustados, el crimen se le mofaba en la cara, y hacía, de aquel horrible castigo, una fiesta de familia.

A medida que llegaban eran empujados, entre dos hileras de cabos de vara, al pequeño patio enrejado, donde los esperaba la visita de los médicos. Era allí donde todos hacían un último esfuerzo por evitar el viaje, alegando alguna excusa de salud, los ojos enfermos, la pierna coja, la mano mutilada. Pero casi siempre se les daba por buenos para las galeras; y entonces cada uno se resignaba con despreocupación, olvidando en pocos minutos la pretendida enfermedad de toda una vida.

La puerta del patio pequeño volvió a abrirse. Un guarda hizo el llamado por orden alfabético; y entonces salieron uno por uno, y cada galeote fue a ponerse en fila, de pie, en una esquina del patio grande, junto a un compañero dado por el azar de la letra inicial de su nombre. Así, cada uno se ve reducido a sí mismo; cada uno lleva su propia cadena, hombro a hombro con un desconocido; y si por casualidad un galeote tiene un amigo, la cadena lo separa de él. ¡La última de las miserias!

Cuando más o menos una treintena de galeotes hubo salido, se cerró la puerta. Un sotacabo los alineó con su garrote, delante de cada uno arrojó una camisa, una chaqueta y un pantalón de talla grande, luego hizo un gesto y todos comenzaron a desvestirse. Y luego, como si hubiera escogido el momento oportuno, un incidente inesperado vino a transformar la humillación en tortura.

Hasta entonces el tiempo había sido bastante bueno, y, si la brisa de octubre enfriaba el aire, de vez en cuando también abría aquí y allá, en las brumas grises del cielo, una grieta por donde caía un rayo de sol. Pero tan pronto como los galeotes se despojaron de sus harapos de prisión, en el momento en que se ofrecían desnudos y erguidos a la vista suspicaz de los guardias, y a las miradas curiosas de los extraños que giraban a su alrededor para examinar sus hombros, el cielo se volvió negro, una fría tormenta de otoño estalló bruscamente y se descargó a torrentes sobre el patio, sobre las cabezas descubiertas, sobre los miembros desnudos de los condenados, sobre sus miserables sayos extendidos en el adoquinado.

En un abrir y cerrar de ojos, el patio se vació de todo lo que no fuera sotacabo o galeote. Los curiosos de París fueron a abrigarse bajo los tejadillos de las puertas.

Mientras tanto, la lluvia caía a raudales. En el patio no se veían más que los galeotes desnudos y chorreando sobre los adoquines del suelo inundado. Un silencio sombrío había sucedido a sus bravatas escandalosas. Tiritaban, les castañeteaban los dientes; sus piernas delgadas, sus rodillas sarmentosas se entrechocaban; y daba lástima verlos cubrirse los miembros azules con esas camisas empapadas, esas chaquetas, esos pantalones que chorreaban lluvia. La desnudez hubiera sido mejor.

Uno solo, un viejo, había conservado cierta alegría. Exclamó, mientras se secaba con una camisa mojada, que «esto no estaba en el programa»; y luego se puso a reír, levantando el puño hacia el cielo.

Cuando se hubieron puesto los trajes de camino, los galeotes fueron llevados en grupos de veinte o treinta a la otra esquina del patio, donde los esperaban los cordones extendidos sobre el suelo. Estos cordones son largas y fuertes cadenas cortadas transversalmente cada dos pies por otras cadenas más cortas, a cuyo extremo se adhiere un collar cuadrado que se abre por medio de una bisagra en uno de los ángulos y se cierra en el ángulo opuesto mediante un perno de hierro, remachado para todo el viaje sobre el cuello del presidiario. Cuando estos cordones son desenrollados sobre el suelo, representan bastante bien una espina de pescado.

Los condenados fueron obligados a sentarse en el barro, sobre los adoquines inundados; se les probaron los collares; luego, dos herreros de la chusma, armados con yunques portátiles, los remacharon en frío a mazazos metálicos. Es un momento horroroso, en el cual empalidecen hasta los más audaces. Cada golpe de martillo, asestado sobre el yunque apoyado en su espalda, hace temblar el mentón del paciente; el menor movimiento de delante atrás le haría saltar el cráneo como una cáscara de nuez.

Después de esta operación los galeotes se volvieron taciturnos. No se oía más que el tintineo de las cadenas y, cada cierto tiempo, un grito y el ruido sordo del garrote de los cabos de vara sobre los miembros de los recalcitrantes. Algunos lloraban; los viejos se estremecían y se mordían los labios. Yo observaba con terror aquellos perfiles siniestros en sus marcos de hierro.

Así, tras la visita de los médicos, la visita de los carceleros; y tras la visita de los carceleros, el herraje. Un espectáculo en tres actos.

Un rayo de sol reapareció. Daba la impresión de que hubiera prendido fuego a todos los cerebros. Los galeotes se levantaron a la vez, como empujados por un movimiento convulsivo. Los cinco cordones se sujetaban por las manos, y de repente se formó una ronda inmensa alrededor de la rama del farol. Daban tantas vueltas que cansaba verlos. Cantaban una canción de galeras, un romance en argot, en un aire ya quejumbroso, ya furioso y alegre; se oían, a intervalos, gritos agudos, risas desgarradas y jadeantes mezcladas con palabras misteriosas y luego con aclamaciones furibundas; y la cadencia de las cadenas que entrechocaban servía de orquesta a este canto más ronco que su ruido. Si hubiera estado buscando la imagen de un aquelarre, no habría podido encontrar otra ni mejor ni peor.

Trajeron al patio una gran tina. Los cabos de vara rompieron el baile de los condenados a golpes de garrote, y los condujeron a esa tina, en la cual nadaban no sé qué hierbas en no sé qué líquido humeante y sucio. Comieron.

Enseguida, después de comer, derramaron sobre el adoquinado lo que quedaba de su sopa y de su pan moreno, y se pusieron de nuevo a cantar y a bailar. Parece que se les permite esta libertad el día del herraje y la noche que le sigue.

Observaba yo este extraño espectáculo con una curiosidad tan ávida, tan palpitante, tan atenta, que me había olvidado de mí mismo. Un profundo sentimiento de piedad me removió las entrañas: las risas de aquellos hombres me hacían llorar.

De repente, a través de la profunda ensoñación en que había caído, vi que la ronda aulladora se detenía y callaba. Entonces, todos los ojos se volvieron hacia la ventana que yo ocupaba.

—¡El condenado! ¡El condenado! —gritaron todos, señalándome con el dedo; y se repitieron las expresiones de júbilo.

Me quedé petrificado.

Ignoro de qué me conocían y cómo me habían reconocido.

—¡Buenos días! ¡Buenas noches! me gritaban con su atroz socarronería. Uno de los más jóvenes, condenado a galeras perpetuas, de rostro reluciente y plomizo, me miró con expresión de envidia, diciendo:

—¡Qué afortunado es! ¡A éste lo recortarán! ¡Adiós, camarada!

No puedo explicar lo que ocurría en mí. Yo era, en efecto, su camarada. La Grève es hermana de Toulon. Yo estaba situado incluso a un nivel más bajo que ellos: ellos me honraban. Me estremecí.

¡Sí, su camarada! Y unos días más tarde, también yo habría podido ser un espectáculo para ellos.

Había permanecido en la ventana, inmóvil, tullido, paralizado. Pero cuando vi que los cinco cordones avanzaban, que se precipitaban hacia mí con palabras de una cordialidad infernal; cuando escuché el tumultuoso estrépito de sus cadenas, de sus clamores, de sus pasos, al pie del muro, me pareció que esta nube de demonios escalaba hacia mi celda miserable; solté un grito, me arrojé sobre la puerta con tanta violencia como para echarla abajo, pero no había manera de huir. Los cerrojos estaban asegurados desde fuera. Embestía la puerta, llamaba rabiosamente; y entonces me pareció escuchar todavía más de cerca las espantosas voces de los galeotes. Creí ver sus cabezas horribles aparecer sobre el borde de mi ventana, solté un segundo grito de angustia, y caí desmayado.

Cuando volví en mí, era ya de noche. Estaba acostado en un camastro; el farol que vacilaba en el techo me permitió ver otros camastros alineados a ambos lados. Comprendí que me habían trasladado a la enfermería.

Permanecí despierto unos instantes, pero sin pensamientos ni recuerdos, consagrado a la felicidad de encontrarme en una cama. En otro tiempo, desde luego, esta cama de hospital me hubiera hecho retroceder de asco y de lástima; pero yo no era ya el hombre que había sido. Las sábanas eran grises y toscas al tacto; la manta, escuálida y agujereada; se sentía la paja a través del colchón; ¡qué importa! Mis miembros podían desentumecerse a placer entre esas sábanas burdas, y bajo esa manta, aun siendo tan delgada, sentí disiparse poco a poco ese horrible frío de la médula de los huesos al cual ya me había acostumbrado. Y volví a dormir.

Un fuerte ruido me despertó; amanecía. El ruido venía de fuera, mi cama estaba junto a la ventana, me incorporé para ver de qué se trataba.

La ventana daba al patio principal de Bicêtre. El patio estaba repleto de gente; dos hileras de veteranos se esforzaban por mantener despejado, en medio de la multitud, un camino estrecho que atravesaba el patio. En medio de aquella doble fila de soldados, avanzaban lentamente, dando tumbos con cada adoquín, cinco largas carretas repletas de hombres; eran los galeotes, que partían.

Las carretas iban descubiertas. Cada cordón ocupaba una de ellas. Los galeotes estaban sentados de lado sobre cada uno de los bordes, recostados los unos en los otros, separados por la cadena común que se extendía a lo largo del carruaje, y en el extremo de la cual un sotacabo erguido, con el fusil cargado, se sostenía en pie. Se oía el zumbido de sus hierros, y, a cada sacudida del carruaje, se veían saltar sus cabezas y balancearse sus piernas colgantes.

Una lluvia fina y penetrante enfriaba el aire, y adhería a sus rodillas la tela de esos pantalones que habían sido grises y ahora eran negros. Sus largas barbas, sus cabellos cortos, chorreaban; sus rostros eran de color violeta; se les veía tiritar, y sus dientes rechinaban de rabia y de frío. Por lo demás, no podían moverse en absoluto. Una vez clavado a esta cadena, uno no es más que una fracción de ese detestable todo que llaman «cordón», y que se mueve como un solo hombre. La inteligencia debe abdicar, el collar de las galeras la condena a muerte; y en cuanto al animal, no debe ya tener necesidades ni apetito más que a horas fijas. Así, inmóviles, la mayor parte medio desnudos, sus cabezas descubiertas y sus pies colgantes, comenzaban su viaje de veinticinco días, cargados por las mismas carretas, vestidos con las mismas vestimentas para el sol de plomo de julio y para las frías lluvias de noviembre. Es como si los hombres quisieran ir a medias con el cielo en su oficio de verdugos.

Se había establecido entre la multitud y las carretas un diálogo espantoso: injurias de un lado, bravatas del otro, imprecaciones de ambos; pero, a una señal del capitán, vi golpes de garrote llover al azar en las carretas, sobre hombros o sobre cabezas, y todo regresó a esa especie de calma exterior que llaman «orden». Pero los ojos estaban llenos de venganza, y los puños de los miserables se crispaban sobre sus rodillas.

Las cinco carretas, escoltadas por gendarmes a caballo y sotacabos a pie, desaparecieron sucesivamente bajo la puerta elevada de Bicêtre; una sexta las seguía: en ella se bamboleaban en desorden las calderas, las escudillas de cuero y las cadenas de recambio. Algunos cabos de vara que se habían demorado en la cantina salieron corriendo para alcanzar a su cuadrilla. La multitud se retiró. Todo este espectáculo se desvaneció como una fantasmagoría. En el aire se atenuó poco a poco el ruido pesado de las ruedas y de los cascos de los caballos sobre la carretera adoquinada de Fontainebleau, el chasquido de los látigos, el tintineo de las cadenas y los aullidos del pueblo, que deseaba todo tipo de desgracias a los galeotes en su viaje.

¡Y para ellos es apenas el comienzo!

¿Qué me decía el abogado? ¡Las galeras! ¡Ah, sí, mil veces antes la muerte! ¡Antes el cadalso que los baños, antes la nada que el infierno; antes entregar mi cuello a la cuchilla de Guillotin que al collar de la chusma! Las galeras, ¡cielo santo!

XV

Desgraciadamente, no estaba enfermo. Al día siguiente tuve que salir de la enfermería. El calabozo me recuperó.

¡No estaba enfermo! En efecto, soy joven, sano y fuerte. La sangre corre libremente por mis venas; todos mis miembros obedecen a todos mis caprichos; soy robusto de cuerpo y de espíritu, estoy hecho para una larga vida; sí, todo esto es cierto; y sin embargo, tengo una enfermedad, una enfermedad mortal, una enfermedad hecha por la mano del hombre.

Desde que salí de la enfermería, se me ha ocurrido una poderosa idea, una idea para volverme loco, y es que habría podido escapar si me hubieran dejado solo. Esos médicos, esas hermanas de la caridad, parecían interesarse por mí. ¡Morir tan joven, y de semejante muerte! Se hubiera dicho que me compadecían, tan afanosos se mostraban alrededor de la cabecera de mi cama. ¡Bah! ¡Curiosidad! Además, esta gente que sana puede sanar una fiebre, pero no una sentencia de muerte. ¡Y sin embargo, sería tan fácil! ¡Una puerta abierta! ¿Qué más les da a ellos?

¡Pero ya no es posible! Mi apelación será rechazada, porque todo está en regla: los testigos han testificado, los litigantes han litigado, los jueces han juzgado. No cuento con ello, a menos que… ¡No, insensato! ¡Ya no hay esperanza! La apelación es una cuerda que nos mantiene suspendidos sobre el abismo, y que oímos crujir a cada instante hasta romperse. Es como si la cuchilla de la guillotina tardara seis semanas en caer.

Y ¿si obtuviera el indulto? ¡Obtener el indulto! ¿De quién? Y ¿por qué? Y ¿cómo? Es imposible que me lo otorguen. ¡El ejemplo!, como dicen.

No me quedan más que tres pasos por dar: Bicêtre, la Conserjería, la Grève.

XVI

Durante las pocas horas que pasé en la enfermería, me senté cerca de una ventana, al sol —que había vuelto a salir—, o, al menos, recibiendo tanto sol como lo permitían las rejas de la ventana.

Estaba allí, con la pesada cabeza entre mis manos, que apenas podían con ella, los codos sobre las rodillas, los pies sobre los barrotes de la silla, pues el abatimiento hace que me curve y me repliegue sobre mí mismo como si ya no tuviera huesos en los miembros ni músculos en la carne.

El olor asfixiante de la prisión me sofocaba más que nunca, en mis oídos llevaba todavía el ruido de las cadenas de los galeotes, Bicêtre me producía un inmenso hastío. Me parecía que Dios misericordioso debería apiadarse de mí y enviarme al menos un pajarito para que cantara allí, enfrente de mí, sobre el borde del techo.

No sé si fue Dios misericordioso o el demonio quien me atendió; pero casi al instante puede oír cómo una voz se elevaba bajo mi ventana, no la de un pájaro, sino mucho mejor: la voz pura, fresca, aterciopelada, de una jovencita de quince años. Como presa de un sobresalto, levanté la cabeza, y escuché con avidez la canción que entonaba. Era un aire lento y lánguido, una especie de arrullo triste y dolorido; he aquí las palabras:

Es en la calle del Mazo

donde me han trincado,

maluró,

los tres pasmas de turno,

malurín malureta,

con las manos en la masa,

malurín maluró.

No sabría explicar cuán amargo fue mi desengaño. La voz continuó:

Con las manos en la masa,

maluró.

Me han puesto los gritos,

malurín malureta,

se ha descolgado el Gran Jefe,

malurín maluró.

En la nevera encuentro,

malurín malureta,

un ratero del barrio,

malurín maluró.

Un ratero del barrio,

maluró.

Ve a decirle a mi costilla,

malurín malureta,

que me han enchironado,

malurín maluró,

la costilla enfurecida,

malurín malureta,

me dice: «¿Qué te has afanado?»,

malurín maluró.

Me dice: «¿Qué te has afanado?»,

maluró.

Me he cepillado a un tío,

malurín malureta,

toda la pasta le he birlado,

malurín maluró,

la pasta y el reloj,

malurín malureta,

y los gemelos de oro,

malurín maluró.

Y los gemelos de oro,

maluró.

La costilla va a Versalles,

malurín malureta,

al pie de su Majestad,

malurín maluró,

y le suelta una charla,

malurín malureta,

para sacarme de aquí,

malurín maluró.

Para sacarme de aquí,

maluró.

¡Ah! Si de aquí me saca,

malurín malureta,

a la costilla volveré,

malurín maluró,

haré que le lleven vestidos,

malurín malureta,

y zapatos de piel,

malurín maluró.

Y zapatos de piel,

maluró.

Pero el gran tío se pone furioso,

malurín malureta.

Dice: «Por mi coronilla,

malurín maluró,

le haré bailar el baile,

malurín malureta,

donde no hay tablado,

malurín maluró».

No oí más ni hubiera podido hacerlo. El sentido de aquella horrible queja, entendido a medias y a medias oculto, esa lucha del pillo contra la patrulla, ese ladrón que el pillo encuentra y que envía a su mujer, y ese mensaje espantoso: he asesinado a un hombre y estoy preso, «me he cepillado a un tío y me han enchironado», esa mujer que corre hacia Versalles con una petición, y esa Majestad que, indignada, amenaza al culpable con hacerle bailar «el baile donde no hay tablado», y todo ello cantado en la más dulce melodía y por la voz más dulce que jamás arrulló a oído humano… Me quedé afligido, paralizado, aniquilado. Era repugnante oír palabras tan monstruosas de esa boca fresca y colorada.

No podría explicar lo que sentí; las palabras me herían y, a la vez, me acariciaban. La jerga de la caverna y de las galeras, esa lengua ensangrentada y grotesca, ese argot repelente aliado a una voz de muchacha, transición graciosa entre la voz de la niña y la de la mujer… ¡Aquellas palabras deformes y defectuosas, cantadas, acompasadas, perladas!

¡Ah! ¡Qué cosa tan infame es una prisión! Hay en ella un veneno que todo lo ensucia. Todo en él se marchita, aun la canción de una muchacha de quince años. Si encuentras un pájaro, tendrá lodo sobre su ala; si recoges una flor, su perfume apestará.

XVII

¡Oh! Si pudiera escapar, ¡cómo correría por los campos!

No, sería mejor no correr. Correr atrae miradas, sospechas. Al contrario: caminar lentamente, la cabeza en alto, cantando. Tratar de llevar un viejo blusón azul con dibujos rojos. Eso disimula bastante bien. Es lo que llevan los campesinos de los alrededores.

Conozco cerca de Arcueil un bosquecillo junto a un pantano; solía ir allí todos los jueves a pescar ranas con mis compañeros del colegio. Es allí donde me escondería hasta la noche.

Una vez hubiera oscurecido, emprendería el viaje. Iría a Vincennes. No, el río me lo impediría. Iría a Arpajon… más valdría tomar por el camino de Saint-Germain, ir al Havre, embarcarme hacia Inglaterra… ¡Qué más da! Llego a Longjumeau. Un gendarme pasa; me pide mi pasaporte… ¡Estoy perdido!

¡Ah! ¡Infeliz soñador, comienza por romper el muro de tres pies de espesura que te encierra! ¡La muerte! ¡La muerte!

¡Cuando pienso que, de niño, vine a Bicêtre para ver los pozos y los locos!

XVIII

Mientras escribía todo esto, mi lámpara ha palidecido, ha llegado el día, el reloj de la capilla ha anunciado las seis.

¿Qué significa esto? El carcelero de guardia acaba de entrar en mi calabozo, se ha quitado la gorra, me ha saludado, se ha disculpado por molestarme, y me ha preguntado, suavizando en lo posible el tono rudo de su voz, qué desearía desayunar.

Me ha embargado un escalofrío. ¿Acaso habrá llegado el día?

XIX

¡El día ha llegado!

El director de la prisión en persona acaba de visitarme. Me ha preguntado cómo podría atenderme o servirme, ha expresado el deseo de que no tenga yo quejas acerca de él o sus subordinados, se ha informado con interés sobre mi salud y la manera en que pasé la noche; ¡al despedirse, me ha llamado «señor»!

¡El día ha llegado!

XX

No cree posible, este carcelero, que tenga yo quejas acerca de él y de sus subalternos. Tiene razón. No estaría bien que me quejase; esta gente ha hecho su trabajo; me han vigilado; y han sido corteses a mi llegada y a mi partida. ¿No debo estar contento?

Este amable carcelero, con su sonrisa benigna, sus palabras cariñosas, su mirada que halaga y espía, sus manos grandes y gruesas, es la prisión encarnada, es Bicêtre hecho hombre. A mi alrededor, todo es prisión; veo la prisión bajo todas las formas, bajo la forma humana igual que bajo la forma de la puerta o del cerrojo. Esta pared es la prisión en piedra; esta puerta es la prisión en madera; estos carceleros son la prisión en carne y hueso. La prisión es una especie de ser horrible y entero, indivisible, mitad hombre, mitad edificio. Soy su presa; ella me cobija, me abraza con todos sus pliegues. Me encierra en sus murallas de granito, me encadena bajo sus cerraduras de hierro, me vigila con sus ojos de carcelero.

¡Ah, miserable! ¿Qué será de mí? ¿Qué harán conmigo?

XXI

Ahora estoy tranquilo. Todo ha terminado, y terminado bien. He salido de la ansiedad horrible en la cual me había sumido la visita del director. Lo confieso: aún tenía esperanzas. Ahora, gracias a Dios, ya no las tengo.

He aquí lo que acaba de suceder:

En el instante en que sonaban las seis y media —no, eran las siete menos cuarto—, la puerta de mi calabozo se ha abierto de nuevo. Ha entrado un viejo de pelo cano, vestido con un redingote oscuro. Se ha abierto a medias el redingote. He visto una sotana, un collarín. Era un sacerdote.

Este sacerdote no era el capellán de la prisión. Todo era siniestro.

Se ha sentado frente a mí con una sonrisa benévola; enseguida ha sacudido la cabeza y ha levantado los ojos al cielo, es decir, a la bóveda del calabozo. Entonces lo he comprendido.

—Hijo mío —me ha dicho—, ¿estás preparado?

Le he contestado con voz débil.

—No estoy preparado, pero estoy listo.

Sin embargo, se me ha nublado la vista, un sudor frío ha brotado de todos mis miembros a la vez, he sentido que se me hinchaban las sienes, y un zumbido ha llenado mis oídos.

Mientras vacilaba en mi silla, como adormecido, el amable viejo seguía hablando. Eso es, al menos, lo que me parecía, y creo recordar que he visto sus labios moverse, sus manos agitarse, relucir sus ojos.

La puerta se ha abierto una segunda vez. El ruido de las cerraduras me ha arrancado a mí de mi estupor, y a él de su discurso. Una especie de señor en traje negro, acompañado por el director de la prisión, se ha presentado y me ha saludado solemnemente. Tenía sobre su rostro algo de la tristeza oficial de los empleados de pompas fúnebres. Llevaba un rollo de papel en la mano.

—Señor —me ha dicho con una sonrisa de cortesía—, soy ujier de la corte real de París. Tengo el honor de traerle un mensaje de parte del señor procurador general.

La primera sacudida había pasado. Enseguida he recuperado mi presencia de ánimo.

—¿Fue el señor procurador general quien pidió de forma tan instantánea mi cabeza? Qué gran honor me hace al escribirme. Espero que mi muerte sea de su gusto, pues sería duro para mí pensar que la haya solicitado con tanto fervor y que luego le sea indiferente.

Todo eso le he dicho, y he continuado con voz firme:

—¡Lea, señor!

Se ha puesto a leer un texto largo, cantando al final de cada línea y dudando a la mitad de cada palabra. Era el rechazo de mi apelación.

—La condena será ejecutada hoy en la plaza de la Grève —ha añadido después de terminar, sin levantar los ojos de su papel sellado—. Partiremos exactamente a las siete y media hacia la Conserjería. Mi estimado señor, ¿tendría usted la amabilidad de seguirme?

Yo había dejado de escucharlo instantes antes. El director charlaba con el sacerdote; él seguía con la mirada fija sobre el papel; yo miraba la puerta, que se había quedado entreabierta… ¡Ah, miseria! ¡Cuatro fusileros en el corredor!

El ujier ha repetido la pregunta, esta vez mirándome.

—Cuando usted quiera —le he contestado—. ¡Como guste!

Se ha despedido diciendo:

—Tendré el honor de venir a buscarlo dentro de media hora.

Entonces me han dejado solo.

¡Una forma de huir, Dios mío! ¡Una forma cualquiera! ¡Es preciso que me evada! ¡Lo es! ¡De inmediato! ¡Por las puertas, por las ventanas, por el armazón del techo! ¡Dejar, por lo menos, algo de mi carne entre las vigas!

¡Oh, furia! ¡Demonios! ¡Maldición! ¡Necesitaría meses para atravesar este muro con las herramientas adecuadas, y no tengo ni un punzón, ni una hora!

XXII

En la Conserjería

Heme aquí, «transferido», como dice el acta.

Pero merece la pena contar el viaje.

Sonaban las siete y media cuando el ujier se ha presentado de nuevo en mi calabozo.

—Señor —me ha dicho—, le estoy esperando.

¡Ay! ¡No es el único!

Me he levantado, he dado un paso; me ha parecido que no podría dar otro, de tanto que me pesaba la cabeza, tan débiles como estaban mis piernas. Sin embargo, me he repuesto y, con aire firme, he continuado. Antes de salir del calabozo, he echado una última mirada alrededor —me había encariñado con mi calabozo—. Además lo he dejado vacío y abierto, lo cual da a un calabozo un aspecto singular.

De otro lado, no será por mucho tiempo. Esperamos a alguien para esta noche, dijeron los llaveros, un condenado que la sala de lo criminal está juzgando en estos mismos instantes.

A la vuelta del corredor, nos ha alcanzado el capellán. Acababa de desayunar.

Al salir de la cárcel, el director me ha cogido la mano afectuosamente, y ha reforzado mi escolta de cuatro veteranos.

Frente a la puerta de la enfermería, un viejo moribundo me ha gritado: «¡Hasta luego!».

Enseguida hemos llegado al patio. He respirado; eso me ha sentado bien.

No ha sido mucho lo que hemos caminado al aire libre. Un carruaje enganchado a unos caballos de posta estaba estacionado en el primer patio; era el mismo carruaje que me había traído; una especie de cabriolé oblongo dividido en dos secciones por una reja transversal de alambre de hierro tan espesa que parecía un tejido de punto. Cada una de las dos secciones tiene una puerta, una delante, la otra detrás de la carreta. El conjunto es tan sucio, tan negro, tan polvoriento, que el coche fúnebre de los pobres, comparado con él, parece una carroza de coronación.

Antes de enterrarme en aquella tumba de dos ruedas, he echado una última mirada al patio, una de esas miradas de desesperación frente a las cuales parece que los muros deberían desmoronarse. El patio, esa especie de pequeña plaza adornada de árboles, estaba más atestado de espectadores que para los galeotes. ¡Vaya una multitud!

Igual que el día en que partió la cadena, caía una lluvia de temporada, una lluvia helada y fina que sigue cayendo ahora, mientras escribo, una lluvia que sin duda caerá todo el día, que durará más que yo mismo.

Los caminos se habían hundido, el patio estaba lleno de agua y de fango. Me ha agradado ver a la multitud metida en el barro.

El ujier y un gendarme se han montado en el compartimiento delantero; el sacerdote, un gendarme y yo, en el otro. Cuatro gendarmes a caballo alrededor del carruaje. Así, sin contar al postillón, había ocho hombres para uno solo.

Mientras subía al carruaje, he visto a una vieja de ojos grises que decía:

—Esto me gusta aún más que la cadena.

Lo comprendo muy bien. Es un espectáculo que puede abarcarse más fácilmente de una mirada, se le ve más pronto. Es tan bello como el otro, y más cómodo. No hay distracciones. Sólo hay un hombre, y, sobre este hombre, tanta miseria como sobre todos los galeotes a la vez. Simplemente, hay menos dispersión; se trata de un licor concentrado, mucho más sabroso.

El carruaje se ha sacudido. Ha soltado un ruido sordo al pasar bajo la bóveda de la puerta grande, después ha desembocado en la avenida, y las pesadas puertas de Bicêtre han vuelto a cerrarse tras él. En mi estupor, yo sentía que me transportaban como un hombre caído en un letargo que no puede ni moverse ni gritar, pero comprende que lo entierran. Vagamente escuchaba la cadencia hiposa de los racimos de campanas colgados al cuello de los caballos de posta; el susurro de las ruedas herradas sobre el adoquinado o el choque con la carrocería al cambiar de carril; el galope sonoro de los gendarmes alrededor de la carroza; el látigo fatigoso del postillón. Todo aquello era como un torbellino que se apoderaba de mí.

A través de la reja de una mirilla abierta frente a mí, mis ojos se han fijado automáticamente en la inscripción grabada en letra gruesa encima de la puerta grande de Bicêtre: HOSPICIO DE LA VEJEZ.

«Vaya —me he dicho—, parece que en ese lugar hay quienes llegan a viejos».

Y, como suele hacerse entre la vigilia y el sueño, mi espíritu entumecido de dolor le ha dado la vuelta a esta idea en todos los sentidos. De golpe, la carroza, pasando de la avenida a la carretera principal, ha cambiado el punto de vista del tragaluz. Las torres de Notre-Dame han quedado entonces enmarcadas en él, azules y medio borrosas tras la bruma parisina. De inmediato ha cambiado también el punto de vista de mi ánimo. Me he transformado en una máquina como el carruaje. A la idea de Bicêtre sucedió la idea de Notre-Dame. Los que estén sobre la torre de la bandera tendrán buena vista, me he dicho con una sonrisa estúpida.

Creo que ha sido en ese momento cuando el sacerdote se ha puesto a hablarme. Pacientemente, lo he dejado hacer. En mi oído estaba ya el sonido de las ruedas, el galope de los caballos, el látigo del postillón. El suyo era apenas un ruido más.

Escuchaba en silencio aquella lluvia de monótonas palabras que adormilaban mi pensamiento como el murmullo de una fuente, y que pasaban frente a mí, siempre diversas y siempre las mismas, como los olmos torcidos de la carretera principal, cuando la voz breve y entrecortada del ujier, ubicada en el puesto delantero, ha venido súbitamente a sacudirme.

—Y bien, señor abate —decía con acento casi alegre—, ¿qué sabe usted de nuevo?

Era al sacerdote a quien se dirigía de esta manera.

El capellán, que me hablaba sin descanso, ensordecido por el carruaje, no ha contestado.

—¡Eh! ¡Eh! —ha insistido el ujier, levantando la voz para imponerse al sonido de las ruedas—. ¡Endemoniado carruaje!

En efecto: ¡endemoniado!

Enseguida ha dicho:

—Sin duda es cosa del traqueteo. No puede uno oír nada. ¿Qué estaba diciendo? ¡Hágame el favor de recordarme lo que estaba diciendo, señor abate! ¡Ah, sí! ¿Se ha enterado usted de la gran noticia de hoy en París?

Me he estremecido, como si estuviera hablando de mí.

—No —ha dicho el sacerdote, que por fin le había oído—. No he tenido tiempo de leer los periódicos esta mañana. Me enteraré esta noche. Cuando estoy ocupado durante todo el día, como es el caso ahora, le pido a mi portero que me guarde los periódicos, y los leo al volver a casa.

—¡Bah! —ha continuado el ujier—. Es imposible que no lo sepa usted. ¡La noticia de París! ¡La noticia de esta mañana!

He tomado la palabra:

—Yo creo saberla.

El ujier me ha mirado.

—¡Usted! ¡En serio! En ese caso, ¿qué opina usted?

—¡Qué curioso es usted! —le he dicho.

—¿Por qué, señor? —ha replicado el ujier—. Cada uno tiene sus opiniones políticas. Lo aprecio demasiado para creer que no pueda usted tener la suya. En lo que a mí respecta, estoy totalmente de acuerdo con el restablecimiento de la guardia nacional. Fui sargento de mi compañía, y a fe mía que era muy agradable.

Lo he interrumpido.

—No creí que se tratara de eso.

—Y ¿de qué, entonces? Decía usted saber la noticia…

—Hablaba de otra, de la cual París se ocupa hoy también.

El imbécil no entendía; su curiosidad se había despertado.

—¿Otra noticia? ¿Dónde diablos ha podido usted enterarse de otra noticia? Por favor, señor, ¿cuál es? ¿Sabe usted de qué se trata, señor abate? ¿Está usted más al corriente que yo? Póngame al día, se lo ruego. ¿De qué se trata? Verá usted, me apasionan las noticias. Se las cuento al señor presidente, y eso le divierte.

Y otras mil pamplinas. El ujier se giraba alternativamente entre el sacerdote y yo; yo no respondía más que levantando los hombros.

—Y bien —me ha dicho—, ¿en qué está pensando?

—Pienso —le he contestado— que no pensaré más por esta noche.

—¡Ah! ¡Pues muy bien! —ha replicado—. ¡Vamos, está usted demasiado triste! —replicaba el señor Castaing.

Después, tras un silencio:

—Yo llevé al señor Papavoine; tenía puesta su gorra de nutria y fumaba su cigarro. En cuanto a los jóvenes de La Rochelle, sólo hablaban entre ellos. Pero hablaban.

Ha hecho una pausa más y enseguida ha continuado:

—¡Locos! ¡Entusiastas! Parecían despreciar al mundo entero. En lo que a usted respecta, joven, lo encuentro verdaderamente pensativo.

—¡Joven! —le he dicho—. Soy más viejo que usted; cada cuarto de hora que pasa me envejece un año.

Se ha girado, me ha observado unos minutos con necia sorpresa, y enseguida se ha puesto a reír con una risa socarrona y pesada.

—Vamos, está usted de broma, ¡más viejo que yo! Yo podría ser su abuelo.

—No bromeo —le he contestado con gravedad.

El ujier ha abierto su tabaquera.

—Tenga, mi querido señor, no se enoje usted; tome un poco de tabaco y no me guarde rencor.

—No tenga miedo. No se lo guardaré por mucho tiempo.

En este momento, la tabaquera que el ujier me tendía ha chocado contra la reja que nos separaba. Un hueco la ha hecho estrellarse violentamente, y ha caído abierta bajo los pies del gendarme.

—¡Maldita reja! —ha gritado el ujier.

Se ha vuelto hacia mí.

—¡Pues bien! ¿No es esto una desgracia? ¡He perdido todo mi tabaco!

—Yo pierdo más que usted —le he contestado sonriendo.

El ujier ha tratado de recoger su tabaco, rumiando entre dientes:

—¡Más que yo! Es fácil decirlo. ¡Sin tabaco hasta París! ¡Es terrible!

El capellán le ha dirigido entonces algunas palabras de consuelo, y no sé si eran prejuicios míos, pero me ha parecido que eran la continuación del discurso que me había correspondido a mí al principio. Poco a poco el sacerdote y el ujier han trabado conversación; los he dejado hablar por su lado, y yo, por el mío, me he puesto a pensar.

Al llegar a la barrera, sin duda por mis persistentes prejuicios, me ha parecido que en París había más ruido que de costumbre.

El carruaje se ha detenido un momento delante de la Oficina de Arbitrios. Los aduaneros lo han inspeccionado. Si se hubiera tratado de un cordero o un buey que llevásemos a la carnicería, habría sido necesario dejar una bolsa de dinero; pero una cabeza humana no paga impuesto alguno. Nos han dejado pasar.

Franqueado el bulevar, la carroza avanzaba al trote por las viejas calles tortuosas del suburbio de Saint-Marceau y de la Cité, las cuales serpentean y se entrecortan como los mil caminos de un hormiguero. Sobre el adoquinado de estas calles estrechas, el rodar del carruaje se ha hecho tan ruidoso y tan veloz que ya no podía oír nada del ruido exterior. Cuando echaba una mirada por el pequeño tragaluz cuadrado, me parecía que la ola de caminantes se detenía para observar el carruaje, y que pandillas de niños corrían tras su estela. Me ha parecido también ver de vez en cuando, en este cruce o en aquél, a un hombre o una vieja en harapos, a veces los dos al mismo tiempo; tenían en la mano un atado de hojas impresas que los caminantes se disputaban abriendo la boca como para lanzar un grito.

Sonaban las ocho y media en el reloj de París en el momento en que hemos llegado al patio de la Conserjería. La visión de esta inmensa escalera, de esta oscura capilla, de estas cárceles siniestras, me ha paralizado. Cuando el carruaje se ha detenido, he creído que los latidos de mi corazón se detendrían también.

He hecho acopio de fuerzas; la puerta se ha abierto con la rapidez de un relámpago; he saltado fuera del calabozo rodante, y he echado a andar a pasos agigantados bajo la bóveda y entre dos filas de soldados. A mi paso se había formado ya una multitud.

XXIII

Mientras caminaba por las galerías públicas del Palacio de Justicia, me he sentido casi libre y a gusto; pero mi ánimo resuelto me ha abandonado tan pronto como se han abierto frente a mí esas puertas bajas, escaleras secretas, corredores interiores, largos corredores asfixiantes y sordos donde sólo entran quienes condenan o quienes son condenados.

El ujier me acompañaba todo el tiempo. El sacerdote me había dejado, y volvería en un par de horas: tenía cosas que hacer.

Me han conducido al despacho del director, en cuyas manos me ha dejado el ujier. Ha sido un intercambio. El director le ha rogado esperar un instante, anunciándole que tenía una «presa» que entregarle, y que debería conducirla de inmediato a Bicêtre en el viaje de vuelta del carruaje. Se trataba sin duda del condenado de hoy, el mismo que esta noche se acostará sobre el manojo de paja que yo no he tenido tiempo de gastar.

—Está bien —ha dicho el ujier al director—, esperaré un momento; viene bien, haremos las dos actas al mismo tiempo.

Mientras tanto me han depositado en un pequeño despacho adjunto al del director. Allí me han dejado solo y bien encerrado.

No sé en qué pensaba, ni cuánto tiempo había pasado allí, cuando una carcajada violenta y brusca junto a mi oreja me ha arrancado de mi ensueño.

Estremecido, he mirado hacia arriba. Ya no me encontraba solo en la celda. Un hombre estaba conmigo, un hombre de unos treinta y cinco años y de estatura mediana; arrugado, encorvado, encanecido; de miembros rechonchos; de ojos grises y mirada bizca, y, sobre su rostro, una risa amarga; sucio, andrajoso, medio desnudo, repugnante a la vista.

Parecía que la puerta se hubiese abierto, lo hubiese vomitado y se hubiese cerrado sin que yo me percatara. ¡Si la muerte pudiera venir así!

Nos hemos mirado fijamente unos segundos, este hombre y yo; él, prolongando esa risa parecida a un estertor; yo, medio sorprendido, medio asustado.

—¿Quién es usted? —le he dicho al fin.

—¡Qué pregunta! —ha contestado—. Soy un pinta.

—¡Un pinta! Y ¿qué quiere decir eso?

—Eso quiere decir —ha exclamado entre carcajadas— que el chirona jugará a la canasta con mi sorbona dentro de seis meses, igual que hará con tu tronco dentro de seis horas. ¡Ja! Parece que ahora sí me entiendes.

En efecto, me he quedado pálido y se me han puesto los pelos de punta. Era el otro condenado, el condenado del día, aquel que ya esperaban en Bicêtre, mi heredero.

El hombre ha continuado:

—Y ¿qué querías? Ésta es mi historia. Soy hijo de un buen ratero; es una lástima que Charlot se haya tomado el trabajo de retorcerle el pescuezo. Eso era cuando reinaba la potencia, por la gracia de Dios. A los seis años, ya no tenía padre ni madre; en verano hacía malabares en el polvo al borde de los caminos para que me tirasen una moneda entre las cortinas de las sillas de posta; en invierno, me iba descalzo por el barro, soplándome los dedos rojos; se me veían las piernas a través del pantalón. A los nueve años, comencé a servirme de mis cacillos, de vez en cuando vaciaba una matrona, me zumbaba un gabán; a los diez años, ya era un guindón. Después hice amigos; a los diecisiete, ya era un trollista. Forzaba una petaca, falseaba una vueltera. Me agarraron. Como ya tenía edad, me mandaron a remar en la marinita. Las galeras son cosa dura; acostarse sobre una tabla, beber agua clara, comer pan negro, arrastrar unos hierros que no sirven para nada; golpes de bastón, golpes de sol. Y por si fuera poco lo trasquilan a uno, ¡y yo que tenía una bella cabellera de color castaño! ¡Qué más da! Cumplí el tiempo que me tocaba. ¡Quince años vuelan! Tenía treinta y dos. Una bella mañana me dieron un salvoconducto y sesenta y seis francos que había acumulado a lo largo de mis quince años de galeras, trabajando dieciséis horas al día, treinta días al mes, doce meses al año. Daba igual: quería convertirme en un hombre honrado con mis sesenta y seis francos, y tenía mejores sentimientos bajo mis harapos que los que hay bajo el delantal de un cuervo. Pero ¡condenado pasaporte! Era amarillo, y encima habían puesto «galeote liberado». Había que mostrarlo por donde pasara y presentarlo cada ocho días al alcalde del pueblo en el que me obligaban a echar nido. ¡Bonita recomendación! ¡Un galeote! Les daba miedo, los niños se largaban al verme, me cerraban las puertas. Nadie quería darme trabajo. Los sesenta y seis francos me los comí. Después, tuve que vivir. Mostraba mis brazos, buenos para el trabajo, y me cerraban las puertas. Me ofrecí para trabajar por jornales de quince cuartos, de diez, de cinco. Y nada. ¿Qué hacer? Un día, tenía hambre. Di un codazo en el escaparate de un panadero; le eché el guante a un pan y el panadero me echó el guante a mí; no me comí el pan, y en cambio me condenaron a galeras perpetuas, con tres letras de fuego en la espalda. Te las mostraré si quieres. A esta justicia la llaman «la reincidente». Así que caballo que vuelve… Me devolvieron a Toulon; esta vez con los gorras verdes. Había que escapar. Para ello no tenía más que atravesar tres muros y cortar dos cadenas, y tenía un punzón. Me evadí. Dispararon el cañón de alerta; pues nosotros vamos como los cardenales de Roma, vestidos de rojo, y cuando nos marchamos, suenan los cañones. Gastaron pólvora en gallinazos. Y esta vez, nada de pasaporte amarillo, pero nada de dinero tampoco. Conocí a unos camaradas que también habían hecho tiempo o que habían cortado los hilos. El baranda me propuso ser uno de los suyos, apiolaban en las trochas. Acepté, y me puse a matar para vivir. A veces era una diligencia, a veces una silla de posta, a veces un vendedor de bueyes a caballo. Tomábamos el dinero, soltábamos al azar el animal o el carruaje y enterrábamos al hombre bajo un árbol, cuidando que no se le salieran los pies; y después bailábamos sobre la fosa para que la tierra no pareciera recién removida. Así envejecí, acostándome en la maleza, durmiendo bajo las estrellas, acorralado de bosque en bosque, pero al menos libre y dueño de mí. Todo tiene un final, y da igual éste o el otro. Una bella noche, los cordoneros nos agarraron del cuello. Mis guripas se salvaron; pero yo, que era el más viejo, me quedé en las garras de esos gatos con sombreros galoneados. Aquí me trajeron. Ya había pasado por todos los escalones de la escala, salvo uno. A partir de ahora, robar un pañuelo o matar a un hombre era lo mismo para mí; aún había una reincidente que aplicarme. Sólo me faltaba pasar por el de la guadaña. Fue cosa rápida. A fe mía que comenzaba ya a volverme viejo y a no servir para nada. Mi padre se casó con la viuda, y yo me retiro a la abadía del Monte de los Lamentos. Eso es todo, camarada.

Escuchándolo, me había quedado estupefacto. El hombre se ha puesto a reír con más fuerza todavía que al comenzar, y ha querido tomarme de la mano. Yo he retrocedido con horror.

—Amigo —me ha dicho—, no pareces muy valiente. No hagas el bragazas delante de la carlina. Mira, hay un momento difícil que uno tiene que pasar sobre la encartelada; pero ¡se va enseguida! Me gustaría estar allí para enseñarte la voltereta. ¡Por todos los dioses! Me dan ganas de no apelar si quieren pasarme por la guadaña hoy mismo, contigo. El mismo sacerdote nos servirá a los dos; no me importa quedarme con tus sobras. Ya ves que soy un buen muchacho. ¡Eh! Dime, ¿qué te parece? ¡Amistad!

Ha dado un paso más para acercarse a mí.

—Señor —le he contestado, rechazándolo—, se lo agradezco mucho.

Nuevas carcajadas ante mi respuesta.

—¡Ah! ¡Ah! ¡Señor, su majestad es marqués! ¡Un marqués!

Lo he interrumpido:

—Amigo mío, necesito un instante de recogimiento, déjeme usted.

La gravedad de mis palabras lo ha tornado súbitamente pensativo. Ha sacudido su cabeza gris y casi calva; después, rascándose con las uñas el pecho velludo que se ofrecía desnudo bajo la camisa abierta, ha respondido:

—Comprendo —ha murmurado entre dientes—; en realidad, el jabalí…

Después, tras algunos minutos de silencio:

—Mire usted —ha dicho casi con timidez—, es usted marqués, y eso está muy bien; pero ahí tiene un bello redingote que ya no le servirá de nada. El chirona se lo quedará. Démelo, lo venderé para comprar tabaco.

Me he quitado mi redingote y se lo he entregado. Se ha puesto a aplaudir con una alegría infantil. Entonces, viendo que yo me había quedado en camisa y que tiritaba, ha dicho:

—Tiene frío, señor, póngase esto; llueve; se mojará usted. Además, en la carreta hay que ir bien vestido.

Mientras lo decía se quitaba su grueso vestido de lana y me lo ponía en los brazos. Lo he dejado hacer.

Entonces he ido a apoyarme contra el muro; no sabría explicar el efecto que me causaba este hombre. Se había puesto a examinar el redingote que le había dado, y lanzaba a cada instante gritos de alegría.

—¡Los bolsillos están nuevos! ¡El cuello no está gastado! Me darán al menos quince francos. ¡Qué felicidad! ¡Tabaco para mis seis semanas!

La puerta ha vuelto a abrirse. Venían a buscarnos a ambos; a mí, para conducirme a la habitación en la cual el condenado espera su hora; a él, para llevarlo a Bicêtre. Riendo, el hombre se ha puesto en medio del piquete que debía acompañarlo, y decía a los gendarmes:

—Eso sí, ¡no se equivoquen! El señor y yo hemos cambiado de forro, pero no me tomen por él. ¡Diablos! ¡No me gustaría nada ahora que tengo con qué comprar tabaco!

XXIV

Ese viejo malvado se ha llevado mi redingote, pues no he sido yo quien se lo ha dado, y a cambio me ha dejado este harapo, su chaqueta infame. ¿Quién pensarán que soy?

No ha sido por descuido o caridad que le he dejado llevarse mi redingote. No; ha sido porque él era más fuerte que yo. Si me hubiera negado, el hombre me habría golpeado con sus grandes puños.

¡Ah, caridad! ¡Cómo no! Me sentía lleno de malos sentimientos. Hubiera querido poder estrangularlo con las manos, ¡viejo ladrón! ¡Aplastarlo con los pies!

Siento el corazón lleno de furia y de amargura. Creo que la bolsa de hiel se me ha reventado. La muerte nos vuelve malvados.

XXV

Me han traído a una celda donde no hay más que las cuatro paredes, con muchos barrotes en la ventana y, ni que decir tiene, muchas cerraduras en la puerta.

He pedido una mesa, una silla y útiles para escribir. Me lo han traído todo.

Después he pedido una cama. El carcelero me ha mirado con esa mirada sorprendida que quiere decir: «¿De qué te sirve ya?».

Y sin embargo, han armado un catre de tijera en la esquina. Pero al mismo tiempo un gendarme ha venido a instalarse en lo que llaman «mi recámara». ¿Acaso tienen miedo de que me ahorque con el colchón?

XXVI

Son las diez.

¡Pobre hijita mía! Seis horas más y estaré muerto. Seré algo repugnante que dará tumbos sobre la mesa fría de los anfiteatros; una cabeza que molerán de un lado, un tronco que disecarán del otro; con lo que quede después llenarán un ataúd y lo enviarán a Clamart.

Eso es lo que harán con tu padre estos hombres, que no me odian, que me compadecen todos y podrían salvarme. Me van a matar. ¿Lo comprendes, Marie? ¡Me matarán a sangre fría, en una ceremonia, por el bien de todos! ¡Ah, Dios mío!

¡Pobre pequeña! ¡Tu padre que tanto te quería, tu padre que besaba tu cuello blanco y perfumado, que sin cesar pasaba la mano por los bucles de tu pelo como si fueran de seda, que tomaba en sus manos tu bella carita redonda, que te hacía saltar sobre sus rodillas, y en la noche unía tus manos pequeñas para rezarle a Dios!

¿Quién te hará todo eso en adelante? ¿Quién te querrá? Todos los niños de tu edad tendrán un padre, excepto tú. ¿Cómo te acostumbrarás a prescindir, mi niña, del día de Año Nuevo, de los estrenos, de los bellos juguetes, de los dulces y los besos? ¿Cómo te acostumbrarás a prescindir, huérfana desgraciada, de beber y de comer?

¡Oh! ¡Si al menos hubieran visto los jurados a mi bella, mi pequeña Marie! Habrían comprendido que no hay que matar al padre de una niña de tres años.

Y cuando sea mayor, si llega a serlo, ¿en qué se convertirá? Su padre será uno de los recuerdos del pueblo de París. Se avergonzará de mí y de mi nombre; será despreciada, rechazada, será vil por culpa mía, yo que la quiero con toda la ternura y con todo el corazón. ¡Oh, Marie adorada! ¿En verdad sentirás vergüenza y horror de mí?

¡Miserable! ¡Qué crimen cometí, y qué crimen hago cometer a la sociedad!

¡Oh! ¿Seré yo en verdad? Ese ruido sordo de gritos que oigo venir de fuera, esas oleadas de gente alegre que caminan con prisa hacia los muelles, esos gendarmes que se preparan en sus cuarteles, ese sacerdote con hábito negro, ese otro hombre de manos rojas, ¡existen por mí! ¡Soy yo quien va a morir! Yo, el mismo que está aquí, que vive, que se mueve, que respira, que está sentado frente a esta mesa, la cual se parece a otra mesa, y podría por tanto estar en otra parte; ¡yo, en fin, este yo que toco y siento, y cuyo vestido forma los pliegues que aquí veo!

XXVII

¡Si cuando menos supiera cómo ocurre todo, de qué manera muere uno allá arriba! Pero es horrible: no lo sé.

El nombre de aquella cosa es espantoso, y no comprendo cómo he podido hasta ahora escribirlo y pronunciarlo.

La combinación de estas diez letras, su aspecto, su fisonomía, está hecha para despertar ideas terribles, y el malhadado médico que la inventó tenía un nombre predestinado.

La imagen que asocio con esta repugnante palabra es vaga, indeterminada, y por ello tanto más siniestra. Cada sílaba es como una pieza de la máquina. En mi imaginación, construyo y demuelo sin cesar este monstruoso andamiaje.

No me atrevo a hacer preguntas sobre este asunto, pero es horrible no saber cómo será, ni cómo afrontarlo. Parece que hay una báscula y que a uno lo acuestan boca abajo… ¡Ah! ¡Mis cabellos se pondrán blancos antes de que caiga mi cabeza!

XXVIII

Sin embargo, ya la he vislumbrado una vez.

Pasaba por la plaza de la Grève, en coche, un día hacia las once de la mañana. De repente, el coche se detuvo.

Había una multitud en la plaza. Saqué la cabeza por la portezuela. El populacho llenaba la Grève y el muelle, y mujeres, hombres y niños estaban de pie sobre el parapeto. Sobre las cabezas se veía una especie de estrado de madera roja que tres hombres levantaban.

Un condenado iba a ser ejecutado ese mismo día, y estaban construyendo la máquina.

Me di la vuelta antes de verlo. Junto al coche había una mujer que le decía a un niño:

—¡Mira, mira! La cuchilla no corta bien, van a engrasar la ranura con un trozo de vela.

Eso es probablemente lo que hacen ahora mismo. Acaban de sonar las once. Sin duda están engrasando la ranura.

¡Ah! Esta vez, infeliz, no me daré la vuelta.

<h1 style="text-align:center">XXIX</h1>

¡Oh, el indulto, el indulto! Quizá me concedan el indulto. El rey no tiene nada que reprocharme. ¡Que vayan a buscar a mi abogado! ¡Rápido, el abogado! Acepto con gusto las galeras. Cinco años de galeras, y en paz…, o veinte años, o a perpetuidad con el hierro rojo. Pero ¡que me concedan la gracia de la vida!

Un galeote, al menos, camina; viene y va, puede ver el sol.

<h1 style="text-align:center">XXX</h1>

El sacerdote ha vuelto.

Tiene cabellos blancos, aspecto amable, una figura buena y respetable; es, en efecto, un hombre excelente y caritativo. Esta mañana lo he visto vaciar su bolsa sobre las manos de los prisioneros. ¿Cómo es que en su voz no hay nada que conmueva ni que parezca conmovido? ¿Cómo es que no me ha dicho nada todavía que me afecte la inteligencia o el corazón?

Esta mañana, yo estaba perdido. Apenas he alcanzado a escuchar lo que me decía. Sin embargo, sus palabras me han parecido inútiles, y me han dejado indiferente; me han resbalado como esta lluvia fría sobre el vidrio escarchado.

Y sin embargo, cuando, hace un rato, ha entrado y se ha acercado a mí, el solo hecho de verlo me ha sentado bien. Entre todos estos hombres, me dije, es el único que sigue siendo un hombre para mí. Y he sentido una sed intensa de palabras buenas y consoladoras.

Nos hemos sentado, él en la silla, yo en la cama. Me ha dicho:

—Hijo mío…

Esta palabra me ha abierto el corazón. Enseguida, él ha dicho:

—Hijo mío, ¿crees en Dios?

—Sí, padre —le he respondido.

—¿Crees en la Santa Iglesia Católica, Apostólica y Romana?

—De buen grado —le he dicho.

—Hijo mío —ha continuado—, parece que tienes dudas.

Entonces se ha puesto a hablar. Ha hablado un buen rato; ha dicho muchas palabras; después, cuando ha dado por finalizado su discurso, se ha levantado y me ha mirado por primera vez, interrogándome:

—¿Y bien?

En son de protesta, le he dicho que lo había escuchado con avidez primero, después con atención, después con devoción.

Yo también me he levantado.

—Señor —le he dicho—, le ruego que me deje solo.

Me ha preguntado:

—¿Cuándo he de volver?

—Se lo haré saber.

Entonces ha salido, sin cólera, pero negando con la cabeza, como diciéndose a sí mismo: «¡Un impío!».

No: por más bajo que haya caído, no soy un impío, y Dios es testigo de mi fe en él. Pero ¿qué me ha dicho este viejo? Nada sentido, nada enternecedor, nada que le saliera del alma, nada que viniese de su corazón para entrar en el mío, nada que viajase entre él y yo. Al contrario, no sé qué cosas vagas, átonas, aplicables a todo y a todos; enfático donde hubiese debido ser profundo, llano donde hubiese debido ser simple; una especie de sermón sentimental y elegía teológica. Aquí y allá, una cita latina. San Agustín, san Gregorio, ¿qué sé yo? Además parecía que recitara una lección ya recitada veinte veces, que repasara un tema inutilizado en su memoria a fuerza de conocerlo. Ni una mirada a los ojos, ni un acento en la voz, ni un gesto de las manos.

Y ¿cómo podría ocurrir de otra forma? Este sacerdote es el capellán titular de la prisión. Su misión es consolar y exhortar, y de eso vive. Es a los galeotes y a los condenados a muerte a quienes incumbe su elocuencia. Él los confiesa y los asiste porque tiene que cumplir con su trabajo. Ha envejecido llevando a los hombres a la muerte. Desde hace mucho tiempo se ha acostumbrado a lo que estremece a los demás; su pelo, empolvado de blanco, ya no se pone de punta; las galeras y el cadalso son para él cosas cotidianas. Está hastiado. Probablemente tenga su cuaderno: en tal página, los galeotes; en tal página, los condenados a muerte. La víspera le advierten que habrá que consolar a alguien al día siguiente; pregunta de qué se trata, ¿galeote o condenado?, relee la página correspondiente; y entonces viene. De esta manera sucede que los que van a Toulon y los que van a la Grève son para él un lugar común, y él es un lugar común para ellos.

¡Oh! Que me vayan a buscar, a cambio de esto, un vicario joven o un sacerdote viejo, al azar, en la primera parroquia que aparezca; que lo sorprendan frente al fuego, leyendo su libro y totalmente desprevenido, y que le digan:

—Hay un hombre que va a morir, tiene que ser usted quien lo consuele. Tiene usted que estar allí cuando le aten las manos, cuando le corten el pelo; tiene usted que subirse en su carreta con su crucifijo para ocultarle al verdugo; tiene usted que sentir junto a él el traqueteo del camino hasta la Grève; tiene usted que atravesar con él la horrible multitud sedienta de sangre; tiene usted que abrazarlo al pie del cadalso, y quedarse hasta que la cabeza esté aquí y el cuerpo más allá.

Que me lo traigan, entonces, palpitante y tembloroso de la cabeza a los pies; que me arrojen entre sus brazos, a sus rodillas; y llorará, y lloraremos, y será elocuente, y me consolará, y mi corazón se desinflará en el suyo, y tomará mi alma y yo tomaré su Dios.

Pero ¿qué significa este buen hombre para mí? ¿Qué soy yo para él? Un individuo de la especie desgraciada, una sombra como tantas que ha visto ya, un número que añadir a la cifra de las ejecuciones.

Quizá me equivoque al rechazarlo así; él es el bueno y yo soy el malo. Por desgracia, eso no es culpa mía. Es mi aliento de condenado el que lo arruina y lo marchita todo.

Acaban de traerme algo para comer; han pensado que debía de necesitarlo. Una comida delicada y fina, un pollo, me parece, e incluso algo más. Pues bien, he intentado comer; pero al primer bocado, todo se me ha caído de la boca, tan amargo y fétido me ha parecido.

XXXI

Acaba de entrar un señor con su sombrero bien puesto sobre la cabeza que apenas si me ha mirado, y enseguida ha abierto una cinta medidora y se ha puesto a medir de abajo arriba las piedras de la pared, hablando en voz muy alta para de vez en cuando decir: «Eso es»; y de vez en cuando: «No, eso no».

Le he preguntado al gendarme quién era el hombre. Parece que es una especie de subarquitecto que trabaja en la prisión.

A él, por su lado, se le ha despertado la curiosidad acerca de mí. Ha intercambiado algunas medias palabras con el llavero que lo acompañaba; después, ha clavado un instante sus ojos en mí, ha sacudido la cabeza con aire despreocupado, y ha vuelto a ponerse a hablar en voz alta y a tomar medidas.

Terminada su tarea, se me ha acercado diciéndome con su voz estrepitosa:

—Mi buen amigo, en seis meses ésta será una prisión mucho mejor.

Y su gesto parecía añadir: «Es una lástima que usted no vaya a disfrutarla».

Casi sonreía. He creído ver el momento en que se mofaría amablemente de mí, como bromea uno sobre la recién casada en la noche de bodas.

Mi vigilante, un viejo soldado con galones, se ha encargado de la respuesta.

—Señor —le ha dicho—, en la habitación de un muerto no se habla tan alto.

El arquitecto se ha marchado.

Y yo, yo estaba allí, como una de las piedras que el hombre medía.

XXXII

Despúes me ha sucedido algo ridículo.

Han venido a relevar al bueno de mi vigilante, al cual, ingrato egoísta que soy, ni tan siquiera le he estrechado la mano. Lo ha reemplazado otra persona: un hombre de frente deprimida, ojos de buey, cara inepta.

Por lo demás, no le he prestado la menor atención. Sentado frente a mi mesa, le daba la espalda a la puerta; intentaba refrescarme la frente con la mano, y los pensamientos me turbaban el espíritu.

Un golpe ligero sobre mi hombro me ha hecho girar la cabeza. Era el nuevo gendarme, con quien me encontraba solo.

He aquí de qué suerte, más o menos, me ha dirigido la palabra.

—Criminal, ¿tiene usted buen corazón?

—No —le he dicho.

Al parecer, la brusquedad de mi respuesta lo ha desconcertado. Sin embargo, ha continuado, vacilante:

—Nadie es malo por el gusto de serlo.

—¿Por qué no? —he replicado—. Si es para decirme esto, déjeme. ¿Adónde quiere llegar?

—Perdone usted —ha respondido—. Sólo dos palabras. Se trata de esto: si pudiera usted hacer feliz a un pobre hombre, y no le costara nada, ¿lo haría usted?

He levantado los hombros.

—¿Acaso viene usted de Charenton? Ha escogido un terreno muy particular para cultivar la felicidad. ¡Yo, hacer feliz a alguien!

El hombre ha bajado la voz y ha tomado un aire misterioso, que no se adecuaba en absoluto a su cara de idiota.

—Sí, criminal: sí, felicidad; sí, fortuna. Todo eso me llegará de usted. Mire usted: soy un pobre gendarme. El servicio es pesado; mi caballo me pertenece y me está arruinando. Ahora bien, juego a la lotería para compensar. Alguna astucia se ha de tener. Hasta ahora, para ganar no me ha faltado más que tener un buen número. Por todas partes los busco que sean seguros; siempre fallo por muy poco. Pongo el setenta y seis; sale el setenta y siete. Por más que los alimente, no se me acercan… (Un poco de paciencia, por favor, que ya termino). Ahora bien, aquí hay una buena oportunidad para mí. Parece, perdón, criminal, que hoy es su turno. Es un hecho que los muertos que son suprimidos de esta forma son capaces de ver de antemano la lotería. Prométame venir mañana por la noche, ¿qué le cuesta? A darme tres números, tres números buenos, ¿eh? Tranquilícese: no me dan miedo los espectros. Ésta es mi dirección: Cuartel Popincourt, escalera A, n.º 26, al fondo del corredor. Me reconocerá, ¿verdad? Puede venir esta noche, si le va mejor.

Habría desdeñado responder a este imbécil si una loca esperanza no me hubiera atravesado el espíritu. En la posición desesperada en la que estoy, uno cree a veces que sería capaz de romper una cadena con un pelo.

—Escucha —le he dicho fingiendo tanto como está en disposición de hacerlo quien va a morir—, yo puedo, en efecto, volverte más rico que el rey, hacer que ganes millones. Con una condición.

Él abría unos ojos estúpidos.

—¿Cuál es? ¿Cuál es? Haré cuanto esté en mi mano para complacerlo, señor criminal.

—En lugar de tres números, te prometo cuatro. Cámbiate la ropa conmigo.

—¡Si no es más que eso! —ha exclamado al tiempo que deshacía los primeros broches de su uniforme.

Yo me había levantado de mi silla. Observaba todos sus movimientos, y el corazón me palpitaba. ¡Ya podía ver las puertas abrirse ante el uniforme de gendarme, y la plaza, y la calle, y el Palacio de Justicia tras de mí!

Pero el hombre se ha dado la vuelta con aire indeciso.

—¡Ah! ¿No será para salir de aquí?

He comprendido que todo estaba perdido. Sin embargo, he hecho un último esfuerzo, completamente inútil e insensato.

—Así es —le he dicho—, pero tu fortuna está asegurada…

Me ha interrumpido.

—¡No, no! ¡Nada de eso! Y ¿mis números? Para que sean buenos, tiene usted que estar muerto.

He vuelto a sentarme, mudo y más desesperado tras la esperanza que había tenido.

<h1 style="text-align:center">XXXIII</h1>

He cerrado los ojos, me los he cubierto con las manos, y he tratado de olvidar, de olvidar el presente en el pasado. Mientras sueño, los recuerdos de mi infancia y mi juventud vuelven a mí, uno por uno, suaves, tranquilos, risueños, como islas de flores sobre este remolino de negros y confusos pensamientos que gira en mi cerebro.

Me veo de niño, colegial alborozado y fresco, jugando, corriendo, gritando con mis hermanos en la alameda verde de ese jardín salvaje donde transcurrieron mis primeros años, antiguo cercado de religiosos que domina, con su cabeza de plomo, la sombría cúpula del Val-de-Grâce.

Después, cuatro años más tarde, allí estoy de nuevo, niño aún, pero ya soñador y apasionado. Hay una jovencita en el jardín solitario.

La españolita, con sus grandes ojos y sus largos cabellos, su piel morena y dorada, sus labios rojos y sus mejillas rosadas, la andaluza de catorce años, Pepa.

Nuestras madres nos han dicho que vayamos juntos a correr: hemos venido a pasearnos.

Nos han dicho que vayamos a jugar, y hablamos; somos niños de la misma edad, pero no del mismo sexo.

Sin embargo, hace apenas un año corríamos, luchábamos juntos. Me disputaba con Pepita la manzana más bella del manzano; la golpeaba por un nido de pájaro. Ella lloraba; yo decía: «¡Te está bien empleado!». Y ambos íbamos a quejarnos a nuestras madres, que nos reñían en voz alta y nos daban la razón en voz baja.

Ahora ella se apoya en mi brazo, y me siento orgulloso y conmovido. Caminamos lentamente, hablamos en voz baja. Ella deja caer su pañuelo; yo se lo recojo. Nuestras manos tiemblan al tocarse. Ella me habla de los pajaritos, de la estrella que vemos a lo lejos, del ocaso rojo tras los árboles, o bien de sus amigos de pensión, de su vestido y de sus cintas. Decimos cosas inocentes y ambos nos ruborizamos. La pequeña se ha vuelto una jovencita.

Esa tarde —era una tarde de verano—, estábamos bajo los castaños, al fondo del jardín. Después de uno de esos largos silencios que llenaban nuestros paseos, se apartó de repente de mi brazo, y me dijo: «¡Corramos!».

Aún puedo verla, iba vestida de negro, de luto por su abuela. Una idea de niña le pasó por la cabeza, Pepa volvió a ser Pepita, y me dijo: «¡Corramos!».

Se puso a correr delante de mí con su talle fino como el corsé de una abeja y sus pies pequeños que le alzaban hasta media pierna el vestido. Yo la perseguía, ella escapaba; el viento de su carrera levantaba por momentos su esclavina negra y me dejaba ver su espalda morena y fresca.

Yo estaba extasiado. La alcancé cerca del viejo sumidero en ruinas; la tomé por la cintura, usando el derecho de la victoria, e hice que se sentara sobre un banco de hierba; ella no se resistió. Estaba sin aliento, y reía. Yo estaba serio; miraba sus negras pupilas a través de sus pestañas negras.

—Siéntese aquí —me dijo—. Todavía hay luz, leamos algo. ¿Lleva usted un libro?

Yo llevaba conmigo el segundo tomo de los Viajes de Spallanzani. Lo abrí al azar, me acerqué a ella, ella apoyó su hombro contra el mío, y nos pusimos a leer cada uno por su cuenta, en voz baja, la misma página. Antes de pasar a la siguiente, ella siempre tenía que esperarme. Mi inteligencia era menos rápida que la suya.

—¿Ha terminado? —me decía, y yo no había hecho sino comenzar.

Y mientras nuestras cabezas se tocaban y nuestras respiraciones se acercaban poco a poco, nuestras bocas se acercaron, de repente.

Cuando quisimos continuar con nuestra lectura, el cielo ya estaba estrellado.

—¡Oh, mamá, mamá! —dijo ella al volver a casa—. ¡Si supieras cuánto hemos corrido!

Yo guardaba silencio.

—No dices nada —me dijo mi madre—, pareces triste.

En mi corazón estaba el paraíso.

Es una tarde de la que me acordaré toda la vida.

¡Toda la vida!

XXXIV

Acaban de dar la hora. No sé cuál: oigo mal el martillo del reloj. Me parece tener un ruido de órgano en las orejas; es el zumbido de mis últimos pensamientos.

En este supremo instante en que me recojo dentro de mis recuerdos, veo con horror mi crimen; pero quisiera arrepentirme más todavía. Tenía más remordimientos antes de mi condena; desde entonces, parece que no hay espacio más que para mis pensamientos de muerte. Y, sin embargo, quisiera arrepentirme mucho más.

Cuando, después de soñar unos minutos con lo que hay de pasado en mi vida, regreso al hachazo que dentro de poco debe terminar con ella, me estremezco como ante una cosa nueva. ¡Mi bella infancia! ¡Mi bella juventud! Tela dorada de extremo ensangrentado. Entre el entonces y el ahora hay un río de sangre, la sangre del otro y la mía.

Si un día leen mi historia, después de tantos años de inocencia y de felicidad, no querrán creer en este año execrable que se abre con un crimen y se cierra con un suplicio; mi historia tendrá un aspecto desparejo.

Y sin embargo, leyes miserables, hombres miserables, ¡no he sido un hombre malvado!

¡Oh! ¡Morir en pocas horas, y pensar que hace un año, un día como hoy, era libre y puro, daba mis paseos de otoño, erraba bajo los árboles, caminaba sobre las hojas!

XXXV

Hay en este mismo instante, muy cerca de mí, en estas casas que forman un círculo alrededor del Palacio de Justicia y de la Grève, y en París entero, hombres que van y vienen, conversan y ríen, leen el periódico, se ocupan de sus asuntos; comerciantes que venden; jovencitas que preparan sus vestidos de baile para esta noche; madres que juegan con sus hijos.

XXXVI

Recuerdo que un día, siendo niño, fui a ver la campana mayor de Notre-Dame.

Me sentía aturdido ya, tras subir la oscura escalera en caracol, tras haber recorrido la endeble galería que une las dos torres, tras haber tenido a París bajo mis pies, cuando entré en la caja de piedra y maderaje donde cuelga la campana con su badajo, que pesa un millar.

Avancé temblando sobre las tablas mal ajustadas, mirando a corta distancia aquella campana tan famosa entre los niños y el pueblo de París, y percatándome, no sin espanto, de que los tejadillos cubiertos de pizarras cuyos planos inclinados rodean el campanario estaban al nivel de mis pies. En los intervalos veía, a vuelo de pájaro, en cierto modo, la plaza de Notre-Dame, y los transeúntes como hormigas.

De repente, tañó la enorme campana, una vibración profunda removió el aire e hizo oscilar la pesada torre. El suelo saltaba sobre las vigas. El ruido estuvo a punto de derribarme; me tambaleé, a punto de caer, a punto de deslizarme sobre los tejadillos de pizarras inclinadas. Aterrorizado, me acosté sobre las tablas, me abracé fuertemente a ellas, sin palabras, sin aliento, con ese formidable tañido en mis oídos y ese precipicio bajo los ojos, esa plaza profunda donde se cruzaban tantos caminantes apacibles y envidiados.

Pues bien, me parece que estoy todavía en la torre de la campana mayor. Todo es a la vez un aturdimiento y un deslumbramiento. Hay como un ruido de campana que sacude las cavidades de mi cerebro; y a mi alrededor ya no puedo ver esa vida plana y tranquila que he dejado (y por la cual los demás hombres aún deambulan) más que de lejos y a través de las grietas de un abismo.

XXXVII

El ayuntamiento es un edificio siniestro.

Con su techo agudo y rígido, su pequeño campanario curioso, su gran reloj blanco, sus pisos de columnas cortas, sus mil ventanas, sus escaleras gastadas por los pasos, sus dos arcos a derecha e izquierda, se encuentra al mismo nivel que la Grève; sombrío, lúgubre, la fachada carcomida por la vejez, y tan negro que se ve negro a la luz del sol.

Los días de ejecución, vomita gendarmes por todas sus puertas, y observa al condenado con todas sus ventanas.

Y en la noche, el reloj, que ha marcado la hora, permanece luminoso sobre la fachada tenebrosa.

XXXVIII

Es la una y cuarto.

Esto es lo que siento ahora:

Un violento dolor de cabeza. Los riñones fríos, la frente hirviendo. Cada vez que me levanto o me inclino, me parece que hay un líquido en mi cerebro que golpea mis sesos contra las paredes del cráneo.

Tengo estremecimientos convulsivos, y de vez en cuando la pluma se me cae de las manos como por una sacudida galvánica.

Los ojos me escuecen como si me encontrara en medio del humo.

Me duelen los codos.

Dos horas y cuarenta y cinco minutos más, y estaré curado.

XXXIX

Dicen que no es nada, que uno no sufre, que es un fin dulce, que la muerte, de esta forma, se simplifica mucho.

¡Eh! Y ¿qué significa entonces esta agonía de seis meses y el estertor de un día entero? ¿Qué significan las angustias de este día irreparable, que corre tan lento y tan veloz? ¿Qué significa esta escalera de torturas que desemboca en un cadalso?

Aparentemente, a eso no lo llaman sufrir.

¿Acaso no siento ahora el mismo estremecimiento que cuando la sangre se consume gota a gota o cuando la inteligencia se apaga pensamiento a pensamiento?

Y además, ¿cómo pueden estar seguros de que no se sufre? ¿Quién se lo ha dicho? ¿O es que quizá alguna vez han visto levantarse una cabeza cortada, bañada en sangre, que desde el borde del cesto haya gritado al pueblo: «¡Esto no duele!»?

¿Acaso algún guillotinado ha regresado, agradecido asegurando: «Qué buen invento. Sigan adelante. La mecánica es magnífica»?

¿Robespierre? ¿Luis XVI?

¡Nada de eso! En menos de un minuto, en menos de un segundo, la cosa se termina. ¿Acaso se han puesto jamás, cuando menos de pensamiento, en el lugar de quien está allí, en el momento en que el pesado filo que cae muerde la piel, rompe los nervios, destroza las vértebras…? ¡Nada! ¡Medio segundo! El dolor es escamoteado… ¡Qué horror!

XL

Es extraño que piense sin cesar en el rey. Por más que intente evitarlo, por más que sacuda la cabeza, hay una voz que me dice al oído:

—Hay en esta ciudad, a esta misma hora y no lejos de aquí, en otro palacio, un hombre que tiene también guardias en todas sus puertas, un hombre único entre el pueblo, como tú, con la diferencia de que este hombre está arriba del todo, mientras que tú estás abajo. Su vida entera, minuto a minuto, no es más que gloria, grandeza, delicias, embriaguez. Todo a su alrededor es amor, respeto, veneración. Las voces más altas se convierten en susurros para hablarle y las frentes más orgullosas se inclinan. Ante sus ojos, no hay más que oro y seda. A esta misma hora, celebra algún consejo de ministros en el cual todos son de su parecer, o bien piensa en la caza de mañana, en el baile de esta noche, seguro de que la fiesta llegará puntual y dejando a los demás el trabajo de sus placeres. Pues bien, este hombre es de carne y hueso, como tú. Y para que en este mismo instante se derrumbara el cadalso, para que todo te fuera devuelto, vida, libertad, fortuna, familia, bastaría con que ese hombre escribiese con esta pluma las siete letras de su nombre sobre un trozo de papel, o que su carroza se topara con tu carreta. ¡Y es un hombre bueno, y quizá no exigiría más, aunque nada de eso sucederá!

XLI

¡Pues bien! Tengamos coraje frente a la muerte, tomemos esta espantosa idea con ambas manos y mirémosla a la cara. Pidámosle cuentas de lo que es, sepamos lo que nos reclama, démosle la vuelta en todos los sentidos, deletreemos el enigma, y miremos de antemano nuestra tumba.

Me parece que, en cuanto se cierren mis ojos, veré una inmensa claridad y abismos de luz por los cuales mi espíritu rodará sin fin. Me parece que el cielo será luminoso por su propia esencia, que los astros serán en él manchas oscuras, y que en lugar de ser, como son para los ojos vivos, lentejuelas de oro sobre terciopelo negro, parecerán puntos negros sobre un telón dorado.

O acaso, miserable de mí, será un horrible abismo, profundo, con paredes tapizadas de tinieblas, por el cual caeré sin cesar mientras veo formas removerse en la sombra.

O bien me despertaré tras el golpe, y me encontraré quizá sobre una superficie plana y húmeda, arrastrándome en la oscuridad y girando sobre mí mismo como una cabeza que rueda. Me parece que habrá un viento fuerte que me estremecerá, y que me hará chocar aquí y allá contra otras cabezas rodantes. Habrá en ciertos lugares charcas y riachuelos de un líquido desconocido y tibio; todo estará oscuro. Cuando mis ojos, en su rotación, giren hacia arriba, no verán más que un cielo de sombras cuyas capas espesas pesarán sobre ellos, y lejos, al fondo, grandes arcos de humo más negros que las tinieblas. Verán también pequeños destellos rojos revolotear en la noche, los cuales, al acercarse, se transformarán en pájaros de fuego. Y así será por toda la eternidad.

Es también posible que en ciertas fechas los muertos de la Grève se reúnan sobre esta plaza que les pertenece. Será una multitud pálida y ensangrentada, y yo no faltaré. No habrá luna, y hablaremos en voz baja. El ayuntamiento estará allí, con su fachada carcomida, su techo desmenuzado, y su reloj que no habrá tenido piedad de nadie. Habrá sobre la plaza una guillotina del infierno con la que un demonio ejecutará a un verdugo; aquello será a las cuatro de la mañana. En cuanto a nosotros, esta vez seremos el público.

Es probable que así ocurra. Pero si esos muertos regresan, ¿bajo qué forma lo hacen? ¿Qué conservan de su cuerpo incompleto y mutilado? ¿Qué escogen? ¿Es la cabeza o el tronco el espectro?

¡Ay! ¿Qué hace la muerte con nuestra alma? ¿Qué naturaleza le deja? ¿Qué puede darle, qué puede quitarle? ¿Dónde la pone? ¿Le presta ojos de carne de vez en cuando, para mirar hacia la tierra y llorar?

¡Ah! ¡Un sacerdote! ¡Un sacerdote que lo sepa! ¡Quiero un sacerdote y un crucifijo para besarlo!

¡Dios mío, siempre lo mismo!

Le he pedido en mis rezos que me dejase dormir, y me he echado sobre mi cama.

En efecto, tenía un flujo de sangre en la cabeza que me ha hecho dormir. Es mi último descanso de esta clase.

He tenido un sueño.

He soñado que era de noche. Me parecía que estaba en mi despacho con dos o tres de mis amigos, no recuerdo cuáles.

Mi mujer estaba acostada en nuestra habitación, justo al lado, y dormía con su niña.

Mis amigos y yo hablábamos en voz baja, y lo que decíamos nos asustaba.

De repente, me pareció oír un ruido que venía de alguna de las otras estancias del piso. Un ruido débil, extraño, indeterminado.

Mis amigos también lo habían oído. Escuchamos: era como una cerradura que se abre lentamente, como un pestillo que alguien levanta sin hacer ruido.

Algo nos paralizaba: teníamos miedo. Pensábamos que quizá se tratara de ladrones que se habían introducido en mi casa a esa hora tan avanzada de la noche.

Resolvimos ir a echar un vistazo. Me levanté, cogí la vela. Mis amigos me seguían, uno detrás del otro.

Atravesamos la habitación de al lado. Mi mujer dormía con su niña.

Enseguida llegamos al salón. Nada. Los retratos estaban inmóviles en sus marcos dorados y sobre la colgadura roja. Me pareció que la puerta que daba del salón al comedor no estaba en su posición habitual.

Entramos al comedor; lo cruzamos lentamente. Yo iba delante. La puerta de la escalera estaba bien cerrada, también las ventanas. Al llegar cerca de la estufa, vi que el ropero estaba abierto, y que la puerta de este armario estaba cubriendo la esquina, como para esconderla.

Eso me sorprendió. Pensamos que había alguien detrás.

Acerqué la mano a la puerta e intenté cerrarla; se resistió. Asombrado, tiré con más fuerza, la puerta cedió bruscamente, y descubrimos a una viejecita, inmóvil, de pie, con las manos colgando y los ojos cerrados, y como adherida a la esquina.

Aquello tenía algo de espantoso, y los pelos se me pusieron de punta con tan sólo pensarlo.

Pregunté a la vieja:

—¿Qué hace usted ahí?

Ella no respondió.

Le pregunté:

—¿Quién es usted?

Ella no respondió, no se movió, y permaneció con los ojos cerrados.

Mis amigos dijeron:

—Seguramente es la cómplice de los que entraron con malas intenciones; habrán escapado al oírnos venir; ella no ha podido huir y se ha escondido aquí.

La he interrogado de nuevo, ella continuaba sin voz, sin movimiento, sin mirada.

Uno de nosotros la ha empujado, y la vieja ha caído.

Ha caído de una pieza, como un pedazo de madera, como algo muerto.

La hemos sacudido con el pie, y después dos de nosotros la hemos levantado y apoyado de nuevo contra la pared. Ella no ha dado ninguna señal de vida. Le hemos gritado al oído, y ella ha permanecido muda, como si estuviera sorda.

Mientras tanto, íbamos perdiendo la paciencia, y había algo de cólera en nuestro terror. Uno de ellos me ha dicho:

—Acérquele la vela a la barbilla.

Le he puesto la mecha encendida bajo la barbilla. Entonces, ella ha abierto un ojo a medias, un ojo vacío, apagado, horrible, que no miraba.

He retirado la llama y le he dicho:

—¡Ah, por fin! ¿Ahora vas a responder, vieja bruja? ¿Quién eres?

El ojo se ha vuelto a cerrar como por sí solo.

—Una vez no basta —han dicho los otros—. ¡De nuevo la vela! ¡De nuevo! Tendrá que hablar.

He vuelto a poner la vela bajo la barbilla de la vieja.

Entonces, ella ha abierto los dos ojos lentamente, nos ha mirado uno por uno, y enseguida, inclinándose bruscamente, ha apagado la vela con un soplo helado. En el mismo instante he sentido, en las tinieblas, tres dientes agudos clavándose en mi mano.

Me he despertado tembloroso y bañado en sudor frío.

El buen capellán estaba sentado al pie de mi cama, y me leía oraciones.

—¿He dormido mucho tiempo? —le he preguntado.

—Hijo mío —me ha dicho—, has dormido una hora. Te han traído a tu hija. Está en la estancia contigua, y te espera. No he querido que te despertasen.

—¡Oh! —he exclamado—. ¡Mi hija, que me traigan a mi hija!

XLIII

¡Ella es fresca, sonrosada, tiene unos ojos grandes, es hermosa!

Le han puesto un vestidito que le queda bien.

La he cogido, la he levantado en mis brazos, la he sentado sobre mis rodillas, he besado sus cabellos.

¿Por qué no ha venido con su madre? Su madre está enferma, también su abuela. Muy bien.

Me miraba con cara de asombro; yo la acariciaba, la abrazaba, la devoraba a besos, y ella me dejaba hacer pero echaba de vez en cuando dirigía una mirada inquieta a su ama, que lloraba en la esquina.

Por fin he podido hablar.

—¡Marie! —le he dicho—. ¡Mi pequeña Marie!

La he estrechado con violencia contra mi pecho inflamado de suspiros. Ella ha soltado un gritito.

—¡Oh! Me hace usted daño, señor —me ha dicho.

¡«Señor»! Va a cumplir un año sin haberme visto, la pobre niña. Me ha olvidado: rostro, voz, acento; además, ¿quién me reconocería con esta barba, estos andrajos, esta palidez? ¡Me han borrado ya de esta memoria, la única en la que me hubiese gustado vivir! ¡Ya no soy padre! Ser condenado a no escuchar jamás esa palabra, esa palabra de la lengua de los niños, tan dulce que no puede permanecer en la lengua de los hombres: ¡«Papá»!

Y sin embargo, oírla de esta boca una vez más, una tan sólo, eso es todo lo que hubiese pedido a cambio de los cuarenta años de vida que me quitan.

—Escucha, Marie —le he dicho juntando sus pequeñas manos entre las mías—, ¿acaso no me reconoces?

Ella me ha mirado con sus ojos bellos y ha respondido:

—¡Pues no!

—Mírame bien —he repetido—. ¿No sabes quién soy?

—Sí —ha dicho—. Un señor.

¡Ay! ¡Amar con tanto ardor a un solo ser en el mundo, amarlo con todo el amor, tenerlo enfrente, que te vea y te observe, que te hable y te responda, y no te reconozca! ¡No querer más consolación que la suya, y que sólo él ignore cuánto lo necesitas porque vas a morir!

—Marie —he continuado—, ¿tienes un papá?

—Sí, señor —ha dicho la niña.

—Pues bien, ¿dónde está?

Ella ha levantado sus ojos grandes y asombrados.

—¿Acaso usted no lo sabe? Está muerto.

Después ha gritado; he estado a punto de dejarla caer.

—¡Muerto! —decía yo—. Marie, ¿sabes lo que es estar muerto?

—Sí, señor —ha respondido—. Él está en la tierra y en el cielo.

Y enseguida:

—En las mañanas y en las noches, sobre las rodillas de mamá, ruego a Dios por él.

La he besado en la frente.

—Marie, dime tu oración.

—No puedo, señor. Las oraciones no se dicen durante el día. Venga esta noche a casa, se la diré entonces.

Eso era demasiado para mí. La he interrumpido:

—Marie, tu papá soy yo.

—¡Ah! —me ha dicho ella.

He añadido:

—¿Quieres que sea tu papá?

La niña se ha vuelto.

—No, mi papá era mucho más guapo.

La he cubierto de besos y de lágrimas. Ella ha intentado apartarse de mis brazos mientras gritaba:

—Me hace daño con su barba.

Entonces la he acomodado sobre mis rodillas, sin quitarle los ojos de encima, y después la he interrogado:

—Marie, ¿sabes leer?

—Sí —ha respondido—. Sé leer muy bien. Mamá me hace leer mis cartillas.

—Veamos, lee un poco —le he dicho mostrándole un papel que llevaba arrugado en una de sus manitas.

Ella ha negado con su bella cabecita.

—¡Ah! Sólo sé leer fábulas.

—Inténtalo de todas formas. Vamos, lee.

Ella ha extendido el papel y se ha puesto a deletrear con el dedo:

—Ese, e, ene, sen; te, e, ene, ten; ce, i, a… Sentencia…

Se lo he arrancado de las manos. Era mi sentencia de muerte lo que me leía. Su ama había conseguido el papel por un cuarto. A mí, en cambio, me resultaba mucho más caro.

No tengo palabras para describir lo que siento. Mi violencia la había asustado; Marie estaba a punto de llorar. De repente, me ha dicho:

—¡Devuélvame mi papel! Es para jugar…

Se lo he devuelto a su ama.

—Llévesela.

Y de nuevo he caído sobre mi silla, vacío, melancólico, desesperado. Es ahora cuando deberían venir; ya nada me importa; se ha roto la última fibra de mi corazón. Estoy dispuesto para lo que van a hacerme.

XLIV

El sacerdote es un buen hombre, también el gendarme. Creo que han derramado una lágrima cuando he dicho que se llevasen a mi niña.

Ya está. Ahora es preciso que me endurezca, que piense con fuerza en el verdugo, en la carreta, en los gendarmes, en la multitud sobre el puente, en la multitud del muelle, en la multitud en las ventanas, y en aquello que ha sido puesto especialmente para mí sobre la lúgubre plaza de la Grève, que bien podría estar adoquinada con las cabezas que ha visto caer.

Creo que todavía me queda una hora para acostumbrarme a todo eso.

XLV

Todo el pueblo reirá, tocará palmas, aplaudirá. Y entre todos los hombres, libres y desconocidos para los carceleros, que corren llenos de alegría a ver la ejecución, en esa multitud que cubrirá la plaza, habrá más de una cabeza predestinada que tarde o temprano sucederá a la mía en la canasta roja. Más de uno de los que vienen por mí vendrá por sí mismo.

Para estos seres fatales hay, en cierto punto de la plaza de la Grève, un lugar fatal, un centro de gravedad, una trampa. Giran a su alrededor hasta que caen en él.

XLVI

¡Mi pequeña Marie! Se la han llevado a jugar; ella observa a la multitud a través del coche, y ya no piensa más en «ese señor».

Tal vez tenga todavía tiempo de escribir algunas páginas para ella, para que un día las lea, para que en quince años llore por el día de hoy.

Sí, es preciso que sepa mi historia por mi boca, que sepa por qué está ensangrentado el apellido que le dejo.

XLVII

MI HISTORIA

Nota del editor: Aún no se han podido encontrar los folios que acompañaban a éste. Quizá, como parecen indicarlo los siguientes, el condenado no ha tenido tiempo de escribirlos. Cuando se le ocurrió la idea, era demasiado tarde.

XLVIII

En una habitación del Ayuntamiento

¡Del Ayuntamiento! Así que aquí estoy. El execrable trayecto ya está hecho. Ahí está la plaza, y bajo la ventana el pueblo horrible que ladra, y me espera, y ríe.

Por más que me haya endurecido, por más crispado que esté, el corazón me ha flaqueado. He solicitado hacer una última declaración. Me han dejado aquí, y han ido a buscar a uno de los procuradores del rey. Lo espero: al menos eso he ganado.

Ha ocurrido así:

Cuando daban las tres, han venido a advertirme de que ya era la hora. He temblado como si hubiera pensado en otra cosa en las últimas seis horas, seis semanas, seis meses. Esas palabras han producido en mí el efecto de algo inesperado.

Me han hecho atravesar sus corredores y descender por sus escaleras. Me han empujado entre dos calabozos de la planta baja, hacia un salón sombrío, estrecho, abovedado, apenas iluminado por un día de lluvia y de niebla. Había una silla en el centro. Me han dicho que me sentara; me he sentado.

Cerca de la puerta y a lo largo de los muros había gente de pie, además del sacerdote y el gendarme, y había tres hombres también.

El primero, el más grande y viejo, era gordo y tenía la cara colorada. Llevaba un redingote y un sombrero deforme de tres picos. Era él.

Era el verdugo, el mozo de la guillotina. Los otros dos eran sus lacayos.

Tan pronto como me he sentado, los otros dos se me han acercado por detrás, como gatos, y después, de repente, he sentido un frío de acero entre mi pelo, y las tijeras han chirriado junto a mis orejas.

Mi pelo, cortado al azar, caía en grandes mechas sobre mis hombros, y el hombre del sombrero de tres picos las sacudía suavemente con su gruesa mano.

Alrededor se hablaba en voz baja.

Había mucho ruido fuera, como un estremecimiento que ondulaba en el aire. He creído al principio que era el río; pero, ante el estallido de las carcajadas, me he dado cuenta de que era la multitud.

Un joven, que escribía con un lápiz sobre una carpeta, cerca de la ventana, ha preguntado a uno de los carceleros cómo se llamaba lo que estaban haciendo.

—La limpieza del condenado —ha respondido el otro.

He comprendido que todo esto saldría mañana en el periódico.

De repente, uno de los mozos me ha quitado la chaqueta y el otro ha tomado mis manos laxas, me las ha llevado detrás de la espalda, y he sentido los nudos de una cuerda enrollarse lentamente sobre mis muñecas. Al mismo tiempo, el otro me deshacía la corbata. Mi camisa de batista, el único jirón que me quedaba del yo de antaño, le ha hecho, de algún modo, dudar un instante; enseguida se ha puesto a cortarla por el cuello.

Ante esta precaución horrible, ante el sobrecogimiento producido por el acero que me tocaba el cuello, mis codos se han estremecido, y he dejado escapar un gemido ahogado. La mano de mi ejecutor ha temblado.

—¡Perdón, señor! —me ha dicho—. ¿Le he hecho daño?

Estos verdugos son hombres muy dulces.

Fuera, la multitud gritaba con más fuerza.

El gordo de rostro granujiento me ha dado a respirar un pañuelo empapado en vinagre.

—Gracias —le he dicho, con la voz más fuerte que he podido—, pero es inútil; me encuentro bien.

Entonces, uno de ellos se ha agachado y me ha atado ambos pies por medio de una cuerda fina y floja que no me permitía dar más que pasos muy cortos. Esta cuerda ha venido a unirse a la de mis manos.

Enseguida, el gordo me ha echado la chaqueta sobre los hombros y ha anudado las mangas bajo mi mandíbula. Su trabajo allí había concluido.

Sólo entonces el sacerdote se ha acercado con su crucifijo.

—Vamos, hijo mío —me ha dicho.

Los mozos me han tomado por las axilas. Me he levantado, he caminado. Mis pasos blandos se doblaban como si tuviera dos rodillas en cada pierna.

En ese momento, la puerta exterior se ha abierto de par en par. Un clamor furioso y el aire frío y la luz blanca han irrumpido en la sombra donde yo estaba. Desde el fondo del calabozo oscuro, a través de la lluvia, he visto, bruscamente y a la vez, las mil cabezas vociferantes del pueblo amontonadas en desorden sobre la rampa de la escalera principal del Palacio; a la derecha, al mismo nivel del umbral, una fila de caballos de gendarmes, de los cuales la puerta baja no me dejaba ver más que las patas delanteras y el pecho; enfrente, un destacamento de soldados en línea de combate; a la izquierda, la parte trasera de una carreta, a la cual se apoyaba una escalera raída. Era un cuadro espantoso, convenientemente enmarcado por una puerta de prisión.

Era para ese temido instante que yo había guardado todo mi coraje. He dado tres pasos y he aparecido en el umbral del calabozo.

—¡Ahí está! ¡Ahí está! —ha gritado la multitud—. ¡Ya sale! ¡Por fin!

Y los que estaban más cerca de mí aplaudían. Por más amado que fuera un rey, no habría tanta fiesta.

Era una carreta ordinaria, con un caballo hético y un carretero de blusón azul con dibujos rojos como los que llevan los hortelanos de los alrededores de Bicêtre.

El gordo del sombrero de tres picos ha subido el primero.

—¡Buenos días, señor Sanson! —gritaban los niños, colgados de las rejas.

Un mozo lo ha seguido.

—¡Bravo, Martes! —han gritado de nuevo los niños.

Los dos se han sentado en la banqueta delantera.

Era mi turno. He subido con paso bastante firme.

—¡El hombre está de buen ver! —ha dicho una mujer junto a los gendarmes.

Este atroz elogio me ha dado valor. El sacerdote ha venido a ubicarse cerca de mí. Me habían sentado sobre la banqueta trasera, de espaldas al caballo. Esta última atención me ha estremecido.

Esta gente emplea mucha humanidad en lo que hace.

He querido mirar a mi alrededor. Gendarmes delante, gendarmes atrás; después, multitud, multitud y multitud; un mar de cabezas sobre la plaza.

Un piquete de gendarmes a caballo me esperaba en la puerta de la reja del Palacio.

El oficial ha dado la orden. La carreta y su cortejo se han puesto en movimiento, como empujadas hacia delante por el grito del populacho.

Hemos franqueado la reja. Tan pronto como la carreta ha girado hacia el Pont-au-Change, la plaza ha estallado en gritos, de los adoquines a los tejados, y los puentes y los muelles han respondido imitando un terremoto.

Es allí donde se ha unido a la escolta el piquete que aguardaba.

—¡Abajo los sombreros! ¡Abajo los sombreros! —gritaban mil bocas a la vez. Como si fuese el rey.

Entonces también yo he reído horriblemente, y le he dicho al sacerdote:

—Ellos los sombreros, yo la cabeza.

Íbamos al paso.

El muelle de las Flores olía a lavanda; era día de mercado. Los comerciantes abandonaban sus ramos por mí.

Al frente, poco antes de la torre cuadrada que forma la esquina del Palacio, había tabernas cuyos entresuelos estaban llenos de espectadores contentos de estar tan bien situados. Mujeres, sobre todo. Debe de ser un buen día para los taberneros.

Se alquilaban mesas, sillas, andamios, carretas. Todo estaba invadido de espectadores. Los mercaderes de sangre humana gritaban a voz en grito:

—¿Quién quiere un sitio?

Me he sentido lleno de rabia contra esta gente. He tenido ganas de gritarles:

—¿Quién quiere el mío?

Mientras tanto, la carreta avanzaba. A cada paso que daba, la multitud se dispersaba tras ella; y yo, con mis ojos extraviados, la veía recomponerse más lejos, sobre otros puentes por los que habría de pasar.

Al entrar en el Pont-au-Change, he echado una mirada azarosa a la derecha, detrás de mí. Mi mirada se ha detenido en el otro muelle, encima de las casas, sobre una torre negra, aislada, erizada de esculturas, en cuya cúspide podía ver dos monstruos de piedra sentados de perfil. No sé por qué le he preguntado al sacerdote de qué lugar se trataba.

—Saint-Jacques de la Degollina —ha respondido el verdugo.

Ignoro cómo es que me sucedía aquello; en medio de la bruma, y a pesar de la lluvia fina y blanca que rayaba el aire como una red de telarañas, nada de lo que ocurría a mi alrededor se me escapaba. Cada uno de esos detalles me aportaba su tortura. Las emociones carecían de palabras.

Hacia la mitad de aquel Pont-au-Change, tan grande y atestado que apenas podíamos avanzar, el horror se ha apoderado de mí con violencia. He tenido miedo de desfallecer, ¡vanidad última! Entonces me he adormecido para no escuchar nada salvo las palabras del sacerdote, que a duras penas me llegaban entrecortadas de rumores.

He cogido el crucifijo y lo he besado.

—¡Ten piedad de mí, Dios mío! —he dicho.

Y he intentado hundirme en este pensamiento.

Pero cada tumbo de la tosca carreta me sacudía. Enseguida he sentido un súbito frío intenso. La lluvia había atravesado mis vestidos, y a través de mi pelo corto me mojaba la piel de la cabeza.

—¿Tiemblas de frío, hijo mío? —me ha preguntado el sacerdote.

—Sí —he contestado.

¡Ay de mí! No sólo de frío.

A la vuelta del puente, unas mujeres me han compadecido por ser tan joven.

Entonces, hemos tomado el muelle fatal. Yo empezaba a dejar de ver, a dejar de oír. Todas esas voces, todas esas cabezas en las ventanas, en las puertas, en las rejas de los almacenes, en los brazos de los faroles; esos espectadores ávidos y crueles; esa multitud que me conoce y de la que no conozco a nadie; esta calle adoquinada y emparedada con rostros humanos… Me sentía ebrio, estupefacto, insensible. Es algo insoportable, el peso de tantas miradas apoyadas sobre uno mismo.

Así pues, vacilaba sobre el banco, y ni siquiera al sacerdote ni al crucifijo les prestaba atención.

En medio del tumulto que me envolvía, ya no distinguía los gritos de piedad de los de alegría, las risas de los lamentos, las voces del ruido; todo era un rumor que resonaba en mi cabeza como el eco en una marmita.

Mis ojos leían mecánicamente los rótulos de las tiendas.

En un momento dado, he sentido la extraña curiosidad de girar la cabeza y mirar hacia dónde avanzaba. Era una última bravata de la inteligencia. Pero el cuerpo no me ha obedecido; mi nuca ha permanecido paralizada, como muerta de antemano.

Tan sólo he podido entrever, de lado, a mi izquierda, más allá del río, la torre de Notre-Dame, la cual, vista desde ese punto, esconde la otra. Es aquella en la que está la bandera. Había mucha gente; debían de tener una buena vista.

Y la carreta seguía, seguía, y las tiendas pasaban, y los rótulos se sucedían, escritos, pintados, dorados, y el populacho reía y pataleaba en el barro, y me he abandonado, como se abandonan al sueño quienes se adormecen.

De repente, la serie de tiendas que ocupaba mi mirada se ha cortado en la esquina de una plaza; la voz de la multitud se ha vuelto más vasta, más vocinglera, más alegre todavía; la carreta se ha detenido súbitamente, y he estado a punto de caer de bruces contra el tablado. El sacerdote me ha sostenido.

—¡Valor! —ha murmurado.

Entonces han traído una escalera a la parte trasera de la carreta; el sacerdote me ha ofrecido su brazo, he bajado, enseguida he dado un paso, me he dado la vuelta para dar otro, pero no lo he logrado. Entre los dos faroles del muelle, he visto una cosa siniestra.

¡Era la realidad!

Me he detenido, como si ya me tambaleara por el golpe.

—¡Quiero hacer una última declaración! —he gritado frágilmente.

Me han subido aquí.

He pedido que me dejasen escribir mis últimas voluntades. Me han desatado las manos, pero la cuerda está aquí, muy cerca, y el resto está más abajo.

<h1 style="text-align:center">XLIX</h1>

Un juez, un comisario, un magistrado, no sé de qué especie, acaba de venir. Le he solicitado mi indulto juntando ambas manos y arrastrándome de rodillas. Me ha preguntado, con una sonrisa fatal, si eso es todo lo que tenía que decirle.

—¡El indulto! ¡El indulto! —he repetido—. ¡O cinco minutos más, por piedad!

¿Quién sabe? ¡Tal vez me lo concedan! ¡A mi edad es tan horrible morir así! A menudo se han visto indultos que llegan en el último momento. Y ¿quién merece el indulto, señor, más que yo?

¡Este execrable verdugo! Se ha acercado al juez para decirle que la ejecución debe hacerse a cierta hora, que la hora se acerca, que él es el responsable, y que además llueve y aquello podría oxidarse.

—¡Eh, por piedad! ¡Un minuto para esperar mi indulto! ¡O me defiendo! ¡Muerdo!

El juez y el verdugo han salido. Estoy solo. Solo con dos gendarmes.

¡Oh! El pueblo horrible con sus gritos de hiena. ¿Quién sabe si no podré escapar de él? ¿Si no seré salvado? ¿Si mi indulto…? ¡Es imposible que no me indulten!

¡Ah, miserables! Me parece que suben por la escalera…

LAS CUATRO.

Una comedia a propósito de una tragedia

Personajes

MADAME DE BLINVAL

EL CABALLERO

ERGASTE

UN POETA ELEGÍACO

UN FILÓSOFO

UN SEÑOR GORDO

UN SEÑOR FLACO

MUJERES

UN LACAYO

UN SALÓN

UN POETA ELEGÍACO, leyendo

Al día siguiente, unos pasos atravesaban el bosque,

un perro erraba a lo largo del río entre ladridos:

y cuando la doncella llorosa

volvió a sentarse, preso el corazón de zozobra,

sobre la vieja torre del antiguo castillo,

oyó a la corriente gemir, la triste Isaura,

más nunca más pudo oír

la mandora del trovador gentil.

EL AUDITORIO EN PLENO

¡Bravo! ¡Fascinante! ¡Arrebatador!

Aplausos

MADAME DE BLINVAL

Hay en este final un misterio indefinible que hace brotar las lágrimas de los ojos.

EL POETA ELEGÍACO, modestamente

La catástrofe queda disimulada.

EL CABALLERO, moviendo la cabeza

¡Mandora, trovador, eso es romanticismo!

EL POETA ELEGÍACO

Sí, señor, pero un romanticismo razonable, el verdadero romanticismo. ¿Qué quiere? Hay que hacer algunas concesiones.

EL CABALLERO

¡Concesiones, concesiones! Así es como se pierde el gusto. Regalaría todos los versos románticos a cambio sólo de esta cuarteta:

En nombre del Pindo y de Citera

se le hace saber a Gentil Bernardo

que el Arte de Amar debe el sábado

cenar en casa del Arte de Agradar.

¡He aquí la verdadera poesía! ¡«El Arte de Amar que cena el sábado en casa del Arte de Agradar»! ¡Magnífico! Pero hoy se habla de «la mandora, el trovador». Ya no se hacen «poesías fugitivas». Si yo fuese poeta, haría «poesías fugitivas». Pero no soy poeta, yo.

EL POETA ELEGÍACO

Sin embargo, las elegías…

EL CABALLERO

«Poesías fugitivas», señor. (Aparte. A la señora de Blinval). Y además, «castillo» no es francés, se dice castel.

ALGUIEN, al poeta elegíaco

Una observación, señor. Usted dice el «antiguo castillo», ¿por qué no el «gótico»?

EL POETA ELEGÍACO, prosiguiendo

Preste atención, señor, hay que limitarse. Yo no soy de esos que quieren destruir el verso francés y retrotraerse a la época de los Ronsard y Brébeuf. Yo soy un romántico, aunque moderado. Pasa como con las emociones. Las deseo dulces, soñadoras, melancólicas, pero jamás sangrientas u horripilantes. Ocultar las catástrofes. Sé que hay cierta gente, locos, imaginaciones en delirio que… Miren, señoras, ¿han leído la novela que acaba de aparecer?

LAS DAMAS

¿Qué novela?

EL POETA ELEGÍACO

Último día…

UN SEÑOR GORDO

¡Basta, caballero! Ya sé lo que queréis decir. El título solo ya me enerva.

MADAME DE BLINVAL

Y a mí también. Es un libro horrible. Lo tengo aquí.

LAS DAMAS

Veamos, veamos.

Se pasan el libro de mano en mano

ALGUIEN, leyendo

Último día de…

EL SEÑOR GORDO

¡Por favor, señora!

MADAME DE BLINVAL

En efecto, se trata de un libro abominable, un libro que provoca pesadillas, que pone enfermo.

UNA MUJER, aparte

Habrá que leerlo.

EL SEÑOR GORDO

Estarán de acuerdo conmigo en que las costumbres van depravándose día a día. ¡Dios mío!, pero qué idea tan horrible la de desarrollar, profundizar, analizar, uno tras otro, sin dejar ninguno de lado, todos los sufrimientos físicos, todas las torturas mentales que debe padecer un condenado a muerte el día de la ejecución. ¿No es atroz? ¿Ustedes entienden, señoras mías, que haya podido existir alguien que escribiera sobre esta idea y además un público para su autor?

EL CABALLERO

He aquí, en efecto, algo soberanamente impertinente.

MADAME DE BLINVAL

¿Quién es su autor?

EL SEÑOR GORDO

No consta el nombre en la primera edición.

EL POETA ELEGÍACO

Es uno que ya ha escrito dos novelas con anterioridad… A fe mía que he olvidado los títulos. La primera empieza en la morgue y acaba en la Grève. En cada capítulo aparece un ogro comiéndose a un niño.

EL SEÑOR GORDO

¿Usted la ha leído, señor?

EL POETA ELEGÍACO

Sí, señor. La acción tiene lugar en Islandia.

EL SEÑOR GORDO

¡En Islandia! ¡Es espantoso!

EL POETA ELEGÍACO

Ha compuesto además odas, baladas y no sé qué más, donde aparecen monstruos de cuerpos azules.

EL CABALLERO, riendo

¡Pardiez! La rima debe de resultar espantosa.

EL POETA ELEGÍACO

También ha publicado un drama, a eso se le llama drama, donde encontramos este bonito verso:

Mañana veinticinco de junio de mil seiscientos cincuenta y siete.

ALGUIEN

¡Ah, ese verso!

EL POETA ELEGÍACO

También puede escribirse en cifras, vean, señoras:

Mañana, 25 de junio 1657.

Ríe. Ríen

EL CABALLERO

Algo particular la poesía de hoy en día…

EL SEÑOR GORDO

¡Ah, eso! Ese hombre no sabe versificar. ¿Cómo se llama pues, de una vez?

EL POETA ELEGÍACO

Tiene un nombre tan difícil de recordar como de pronunciar. Tiene parte de godo, de visigodo y de ostrogodo.

Ríe

MADAME DE BLINVAL

Es un villano.

EL SEÑOR GORDO

Es un hombre abominable.

UNA JOVEN

Alguien que lo conoce me ha dicho…

EL SEÑOR GORDO

¿Sabe usted de alguien que lo conoce?

LA JOVEN

Sí, y dice que es un hombre dulce, sencillo, que vive retirado y que pasa los días jugando con sus hijos.

EL POETA

Y sueña entre sombras con obras tenebrosas. Es curioso, me acaba de salir un verso de una forma completamente natural. Pero lo cierto es que aquí está el verso:

Y sueña entre sombras con obras tenebrosas.

Y con una buena cesura. Sólo queda encontrar la otra rima. ¡Pardiez! «Luctuosas».

MADAME DE BLINVAL

Quidquid tentabat dicere, versus erat.

EL SEÑOR GORDO

Decía usted, pues, que el autor en cuestión tenía hijos pequeños. Imposible, señora, si ha escrito una obra así, ¡una novela tan atroz!

ALGUIEN

Pero, esta novela, ¿con qué fin la ha escrito?

EL POETA ELEGÍACO

¿Lo sé yo acaso?

UN FILÓSOFO

Según parece, con el fin de promover la abolición de la pena de muerte.

EL SEÑOR GORDO

¡Un horror, ya se lo digo yo!

EL CABALLERO

¡Ah, eso! ¿Se trata entonces de un duelo con el verdugo?

EL POETA ELEGÍACO

Está terriblemente en contra de la guillotina.

UN SEÑOR FLACO

Yo me he fijado en esto de aquí: declamaciones.

EL SEÑOR GORDO

No. Apenas hay dos páginas en este texto sobre la pena de muerte. El resto son sólo sensaciones.

EL FILÓSOFO

He aquí el error. La materia exigía razonamiento. Un drama, una novela no demuestra nada. Y además, he leído el libro, y es malo.

EL POETA ELEGÍACO

¡Detestable! ¿Qué es lo que hay de arte en eso? Pasarse de la raya, armar un escándalo. ¿Que si conozco encima a ese criminal? Pues claro que no. ¿Qué ha hecho? Nadie sabe nada. Posiblemente sea un bribón. No tengo por qué interesarme por alguien que no conozco.

EL SEÑOR GORDO

No hay por qué someter a sus lectores a tormentos psíquicos. En las tragedias, se mata, ¡y qué! Eso no me importa. Pero esa novela hace que se erice el pelo, pone la carne de gallina, provoca pesadillas. Tuve que estar dos días en cama por haberla leído.

EL FILÓSOFO

Añada usted a eso que es un libro frío y calculado.

EL POETA

¡Un libro! ¡Un libro…!

EL FILÓSOFO

Sí. Y como decía usted hace un momento, señor, no hay nada en él de verdadera estética. No me interesan las abstracciones, las entidades puras. No veo por ningún lado una personalidad que pueda adecuarse a la mía. Y además, el estilo no es ni sencillo ni claro. Huele a arcaísmo. Está muy bien eso que decía usted, ¿no es cierto?

EL POETA

Sin duda, sin duda. No hacen falta individualidades.

EL FILÓSOFO

El condenado no es interesante.

EL POETA

Y ¿cómo podría interesar? Ha cometido un crimen y no siente remordimientos. Yo hubiese hecho todo lo contrario. Yo hubiese contado la historia de mi propio condenado: nacido de padres honrados. Una buena educación. Amor. Celos. Un crimen que no lo sea en realidad. Y además remordimientos, muchos remordimientos. Pero las leyes humanas son implacables: hace falta que muera. Y entonces hubiera tratado de mi idea de la pena de muerte. ¡Magnífico!

MADAME DE BLINVAL

¡Sí, sí!

EL FILÓSOFO

Perdón. El libro, tal y como lo entiendo, no demostraría nada. La particularidad no gobierna sobre la generalidad.

EL POETA

¡Y qué! Mejor aún; ¿por qué no haber elegido como héroe, por ejemplo a Malesherbes, al virtuoso Malesherbes, su último día, su suplicio? ¡Oh, qué espectáculo tan bello y noble! Yo hubiese llorado, me hubiese estremecido, hubiera querido subir al patíbulo con él.

EL FILÓSOFO

Pues yo no.

EL CABALLERO

Ni yo. En el fondo, su señor de Malesherbes era un revolucionario.

EL FILÓSOFO

La decapitación de Malesherbes no demuestra nada en contra de la pena de muerte en general.

EL SEÑOR GORDO

¡La pena de muerte! ¿Por qué ocuparse de eso? ¿Qué les importa a ustedes la pena de muerte? Hace falta ser un mal nacido para venir con un libro así sobre la pena de muerte a provocarnos pesadillas.

MADAME DE BLINVAL

¡Sí, es un corazón malvado!

EL SEÑOR GORDO

Nos obliga a mirar en los calabozos, en los presidios, en Bicêtre. Es muy desagradable. Ya sabemos que son cloacas. Pero ¿eso qué le importa a la sociedad?

MADAME DE BLINVAL

Los que hicieron las leyes no eran precisamente niños.

EL FILÓSOFO

Sin embargo, presentando los hechos tal y como son en la realidad…

EL SEÑOR FLACO

Eso es justamente lo que falta, la verdad. ¿Qué pretende usted que sepa un poeta acerca de semejante materia? Habría que ser por lo menos procurador del rey. Miren: he leído en una reseña de ese libro que publicó un periódico que el condenado no dice nada cuando le leen su condena de muerte. Pues bien, yo mismo pude ver a un condenado que, en el momento en cuestión, lanzó un grito descomunal.

EL FILÓSOFO

Permítame…

EL SEÑOR FLACO

Piensen, señores, en la guillotina, en la Grève… Eso es de mal gusto. La prueba es que parece un libro que corrompe el gusto, y que les imposibilita para sentir las emociones puras, frescas, cándidas. ¿Cuándo, pues, se alzarán los defensores de la literatura sana? A mí me gustaría ser, y mis informes requisitorios me darían quizá ese derecho, miembro de la Academia francesa… ¡Pero he aquí al señor Ergaste, uno de ellos! ¿Qué piensa usted de Último día de un condenado a muerte?

ERGASTE

A fe mía, señor, que no lo he leído ni lo leeré. El caso es que cenaba yo ayer en casa de la señora de Sénange y la marquesa de Morival le hablaba de ello al duque de Melcour. Se dice que despotrica de la magistratura y sobre todo del presidente de Alimont. El abad de Floricour también se mostraba indignado. Parece que hay un capítulo en contra de la religión, y otro en contra de la monarquía. ¡Si yo fuera procurador del rey…!

EL CABALLERO

Pues sí, ¡procurador del rey! ¡Y la constitución! ¡Y la libertad de prensa! Sin embargo, convendrá en que es odioso que un poeta quiera suprimir la pena de muerte. ¡Seguro que durante el antiguo régimen iban a permitir publicar un libro contra la tortura…! Pero después de la toma de la Bastilla, se puede escribir de todo. Los libros hacen un mal terrible.

EL SEÑOR GORDO

Terrible. Estábamos tan tranquilos sin pensar en nada… Es cierto que de vez en cuando se cortaba alguna cabeza en algún que otro lugar de Francia, a lo sumo dos por semana. Nadie decía nada. Nadie pensaba en ello. De ningún modo. Y he aquí un libro… ¡Un libro que da unos dolores de cabeza terribles!

EL SEÑOR FLACO

¡La causa que un jurado condena después de haberlo leído!

ERGASTE

¡Y que confunde a las conciencias!

MADAME DE BLINVAL

¡Ah, los libros, los libros! ¿Quién hubiera dicho eso de una novela?

EL POETA

Es cierto que los libros son muy a menudo un veneno subversivo del orden social.

EL SEÑOR FLACO

Sin contar el idioma, que ustedes los románticos también revolucionan.

EL POETA

Distingamos, señor mío, que hay románticos y románticos.

ERGASTE

Tiene usted razón. El mal gusto.

EL SEÑOR FLACO

No hay nada que responder a ello.

EL FILÓSOFO, apoyado sobre el sillón de una dama

Se dicen ahí cosas que ya ni siquiera en la calle Mouffetard se oyen.

ERGASTE

¡Ah! ¡Libro abominable!

MADAME DE BLINVAL

¡Eh! No lo arrojen al fuego. Es de la casa de alquiler.

EL CABALLERO

Hábleme de nuestra época. ¡Cómo se han depravado el gusto y las costumbres! ¿Se acuerda de nuestros tiempos, madame de Blinval?

MADAME DE BLINVAL

No, señor, no me acuerdo.

EL CABALLERO

Éramos el pueblo más dulce, el más alegre, el más espiritual. Siempre bellas fiestas y bellos versos. Era encantador. ¿Hay algo más galante que el madrigal del señor de La Harpe en el gran baile que la señora del mariscal Mailly dio en mil setecientos… el año de la ejecución de Damiens?

EL SEÑOR GORDO

¡Tiempos felices aquéllos! Ahora las costumbres son horribles, y los libros también. Como dice el bello verso de Boileau:

Y a la caída de las artes le sigue la decadencia de las costumbres.

EL FILÓSOFO, aparte, al poeta

¿Cena usted en esta casa?

EL POETA ELEGÍACO

Sí, pronto.

EL SEÑOR FLACO

Ahora quieren abolir la pena de muerte, y por eso se escriben novelas crueles, inmorales y de mal gusto, como Último día de un condenado a muerte, qué sé yo…

EL SEÑOR GORDO

Escuche, querido, dejemos ya de hablar de ese libro atroz; y, ya que os encuentro aquí, decidme, ¿qué haréis con ese hombre, cuyo recurso hemos rechazado hace tres semanas?

EL SEÑOR FLACO

¡Ay, un poco de paciencia! Estoy aquí de vacaciones. Déjeme respirar. Cuando vuelva. Pero si está tardando demasiado, escribiré a mi sustituto…

UN LACAYO, entrando

Señora, todo está dispuesto.